瑪那

牧場之上，牛在飛

小一◎著

目錄

作者序

二〇一九年，我為了追尋對自然的渴求前往紐西蘭打工渡假。期間我做過各式各樣的農牧場工作，以了解人與自然共生的現況與發展。其中最讓我衝擊的，是在奶牛場工作的三個月。我不禁想像，若生為一隻牛，我怎麼看待人類以及這些在我身上與身邊所發生的事情。我是不是也有家人與朋友、是不是也會笑鬧生氣、是不是也有思想與信仰、是不是也有夢想，與心底裡最珍惜的事物。如果有所選擇，我會想要成為什麼樣的牛、渡過什麼樣的生命呢？這些關於牛的所思所想，不斷在我腦海中縈繞，陪伴著我渡過體力與心力都十分消耗的牧場工作。我曾想過逃開，但渴望探究何為真實的欲望讓我留了下來。願以這雙眼睛、這雙手去記錄牠們真正經歷了什麼。

與我們一樣，聰明、善良、有靈性的牠們。
與我們一樣在現實中掙扎著。
這是，屬於牠們的故事。

推薦序
如魔法般讓牛飛行

文／林大利　澳洲昆士蘭大學生物科學學系、
生物多樣性研究所副研究員

「沒水喝不會去喝牛奶啊？」
「農家的常識不是社會的常識！」

這是知名漫畫家荒川弘老師的在《百姓貴族》和《銀之匙》的至理名言，「百姓（ひゃくしょう）」在日文中的意思是「農民」，包括從事農林漁牧等第一級產業的工作者。《瑪那》的故事，讓我想起這一系列的漫畫書，也讓我想起另一本曾令學校森林系風靡的小說《那呀那呀 神去村》。

以第一級產業為故事主軸的故事，都會存在龐大的理性與感性衝突：無論森林裡的樹木也好、農場裡的家禽家畜也好，從極端理性的產業角度來看，這些活生生的生物，都是用來生產木材、以及蛋奶肉等蛋白質的工具。這也是業界的現實。

面對長期照顧的馬、牛、雞、豬等家畜，即便都明白照顧動物的最終目標是「蛋白質」，但是，與這些動物長期相處之下所產生的情感，可能與寵物無異。然而，在畜產業眼中，把「牲畜」當成「寵物」是很危險的事情，會嚴重影響產業的發展。畜產業工作者從牲畜出生開始照護，餵養長大，最後一件事卻是「（有時候親自）宰殺」，這是相當大的歷程衝突。對於我這樣的森林人來說，是比較少有的體會，我們面對種樹與砍樹，比較不會面對如此大的掙扎。無論我們面對的是「寵物」、「牲畜」或是「作物」，我們都應該要「負責」。所謂的「負責」，是都有我們無限的照顧、妥善的處理、以及珍惜的善用。不要棄養寵物、不要虐待動物、不要糟蹋食物。

從第一級產業、技職教育、一般教育，我覺得隱約看見自己些許的身影。就讀農學院森林系這件事情，也略包含了這三個元素在裡面。第一級產業一直是全世界生存的重要基礎，然而，卻也是最容易被忽視與輕視的一群。

大學或高中的每項學科，說穿了都是從事每一件事情，所必須具備的「知識」、「經驗」與「技術」。但是，就臺灣的教育現況，明顯對「知識」趨之若鶩，但是對相對珍貴難得的「經驗」與「技術」卻逐漸流失。我這種農學院畢業的學生，掛著「農學士」的文憑，但是我們種的樹可能沒有巡山員種的粗、種的米沒有稻農種的香、養的豬沒有豬農養的肥。雖然我們有實習課程，但是仍然只是「體驗」，稱不上是「實習」，如果「實務經驗」是如此容易在一兩星期內累積，那還真是對不起第一級產業工作者粗糙的手掌。

認識陌生的產業，同時也開拓了自己不夠開闊的眼界。一個不小心，很容易對自己不瞭解的事情妄下論斷。因此，還需要更積極的開拓自己的視野、去認識這個世界。也才會逐漸發現：原來每一項職業與產業，都有自己的酸甜苦辣，都有需要堅持才能突破的瓶頸。這與冷門或熱門無關、與能否賺大錢無關、只要人類社會需要這個產業，也必須尊重他們的存在，至少知道他人的辛苦之處。

由於長期從事科學工作，我不知不覺成為一位極端理性的人。雖然如此，在自然生態保育這個領域，多數人是因為感性而入坑，連我自己也不例外。例如我從賞鳥開始，而其他人可能喜歡觀察不同的生物，也許是蟲魚鳥獸、或是花草樹木，亦或整個大自然的全景。而為了守護自然萬物的美好，而投入自然保育工作。在自然保育的全球學術圈，我們普遍認為女性科學家的表現比男性科學家傑出，例如珍・古德女士（Dame Jane Goodall）、瑞秋・卡森女士（Rachel Carson）。可能的原因在於，通常女性比男性會投入更多的愛與感性給大自然或生物多樣性，這些付出就反映在她們傑出的成就上。

《瑪那》的作者小一，是筆者在自然生態圈認識的眾多人當中，極度感性浪漫的人，說是無人能出其右也不為過。作者對自然生態與環境保護有非常濃厚的興趣與熱忱，且具有超出常人敏銳細膩的觀察力；其寫作與行動力才華非常傑出，能在自然觀察的同時帶出深厚的感觸，並且能嚴以律己的方式落實各種對於環境友善的行動與自律。她的網站「One by Earth／地球之一」完全嶄露了對大自然的熱情與穩定持續進步的寫作能力。這些都是熱情與毅力的具體展現。在工作的同時她也積極學習生物多樣性保育的知識，時常和筆者討論自然保育與環境保護的相關議題，嘗試將科學知識與自己對自然的熱愛結合。

如各位讀者所見，把一位極度感性浪漫的人，放在極端現實的畜牧業職場環境，那會是何等巨大的衝擊？然而，作者非但沒有逃避，反而勇敢地跳進這個現實世界裡，親身體驗畜牧業中的各種面貌。同時，她也沒有以個人的喜好與經驗去解讀眼前所見的一切，主動到大學學習相關課程與新知，去深入瞭解這些現實的經營管理作為所為何來、有沒有哪些能改善、更增進動物福祉的地方？

作者小一透過獨到的見識與解讀，揉合了理性的現實與感性的情感，完成了《瑪那》這本小說。願意勇敢面對自己的短處，如勇者般展開旅程、探索未知，前往魔王城的深處，最後帶給大家一本傑出的作品。這樣的勇氣恐怕只有在她身上才找得到，如魔法般讓牛飛行，帶領讀者探究奶牛的內心世界。我也相信，一定有更多深刻的體驗還留在她的記憶裡，難以完全用一份作品表達。因此，我鼓勵讀者更積極的探索陌生的領域，親自體驗與經歷，才是最獨家也無可取代的資產。畢竟，探究魔法的過程，才是最有趣的。

各界好評

「人類的飲食習慣決定這個世界的面貌。透過作者細膩的筆觸與富含寓意的故事讓我們窺見農場動物的生活，反思人與自然的關係。」

——余家斌／國立臺灣大學森林環境暨資源學系教授

「食物鏈的學理，我們都知道。但人類的生活，建基於太多生物之上，早已遠遠超出食物鏈。曾經看過被眷養在柵欄裡的乳牛們，牠們有著腫脹的乳房，擠出來的奶和被剝奪的親子權劃上等號。那一雙雙透徹晶亮且極富靈性的眸子，怎麼願意過著失卻自由、違反動物本性的生活？在食物鏈之外，人類要得太多，多到讓其他物種承受如果加諸在人類身上必定難以消受的痛苦。

《瑪那》是難得一見的以動物為主角的台灣創作小說，讓我們卸下高高在上的人類視角，願人類對待萬物時，像理解那些角色鮮明、具備七情六慾、各有名字的乳牛們，有更多一點柔軟。」

——古碧玲／作家、上下游副刊總編輯

「《瑪那》一書充滿視覺畫面、聲響音樂及嗅、味、觸覺的田野詩情和心靈感受。例如，牛群、羊群的從屬關係；牛羊靠嗅覺命名和人類靠視覺命名的趣味；牛群們搶食香乾草的集體經驗和個人偏好；瑪那的長角帶來的特殊待遇和孤單心理；牛隻耳朵拉成一條橫線、後擺或尾巴擺動、翹起的肢體情感；母牛生產舔遍牛犢、記得味道和愛的深刻記憶和無奈遺忘；在自然牧場有兄弟姊妹及家人和集約牧場只有母牛的怪現象；兩者草場的活動空間，籬笆柵欄，主人態度的不同和摩擦抓癢用小球粒皮樹的缺乏；牛族傳說的各種想像及解讀……；高潮迭起、章章精彩。對我而言，這是一本老少咸宜的自然小說，床頭故事書。」

——林碧玉／讀者

獻給世界上的每一隻牛

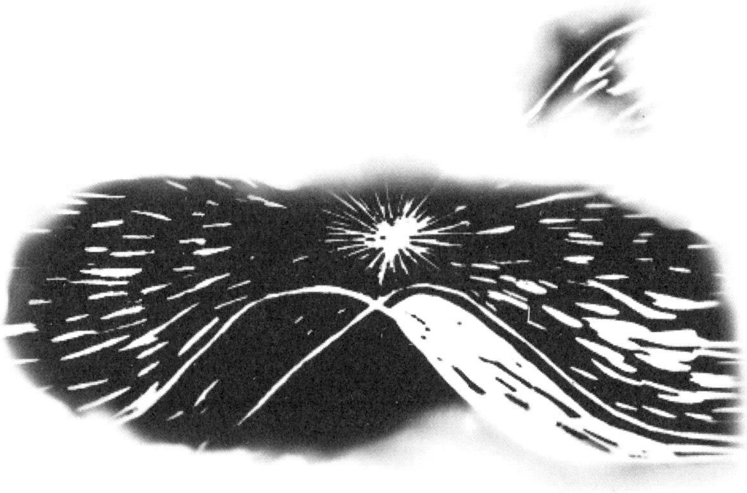

很久很久以前，

牛和鳥兒都會飛翔，

自由自在可以去任何想去的地方。

告別貝克牧場

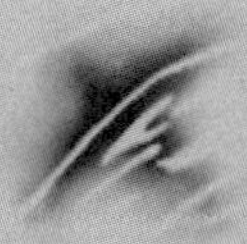

如果羊在天亮以前沒有站起身來移動，

死亡就會找上門來。

1

一隻羽翼黑白的飛鳥，掠過瑪那不斷搖晃著的視野，一下子消失在鐵方窗所框出的一片小小藍天之外。方框裡，雲絮隨著高速移動而不斷向後飛逝。此時瑪那正站在一個隆隆作響的金屬小房子裡，被車子拉在灰硬的路上奔馳。瑪那歪著脖子，靠在小房子裡唯一的窗戶邊上向外望，想知道飛鳥是往哪個方向去，就見另一輛巨大的車子，載著躺倒的筒狀房子朝這邊駛來。筒狀的房子又大又長，圓弧的外牆上奇怪地印有藍天、草地和家的畫面。才想看清，一陣突如其來的劇烈顛簸，使得分了神的瑪那後腿踉蹌，又硬又不踏實的金屬地板便發出刺耳的吭咣聲，震耳欲聾。在僅有一扇小窗引入微光的幽暗房子裡，瑪那試著矮下身子重新調整四肢重心，卻因為強烈的暈眩和不適而遲遲無法站穩。

在黑暗中，瑪那想起一段兒時回憶。

那是小瑪那的第一個冬天——夜夢會凝在草尖變得甜脆的季節。她還記得第一次將冰冷的西風吸進肺裡的驚喜，讓她興奮得直打哆嗦。那天，她和太陽一起睡晚了。在昏暗而濕冷的早晨，小瑪那迷迷糊糊地在晨夢中嚼著結霜的草根，卻被一陣帶著暖意的清香給喚醒。她睜開眼睛，覺得肚子餓極了。昨日吃進的東西，早已在半夜反芻得乾淨，她很想要喝點媽媽溫熱的奶。瑪那站起身來環顧四周，卻沒有發現媽媽的影子。她抬起頭來，仔細嗅聞冷風中的那股清香，然後豎耳傾聽——

「嘟隆嘟隆……」

在風撫過的遠方山谷中，傳來富有節奏的低沉悶響。

小瑪那倏地反應過來，她記得這個聲音，是貝克先生開著四輪車到家裡來了。而喚醒她的那個特別的香味，一定就是香乾草吧！

「啊，是香乾草來了！」

「對了！媽媽昨天才說呢，要我該學學怎麼自己爭食物了！」

小瑪那一下子興奮起來。原來媽媽刻意沒有喚醒她，就是為了教導她爭食物的要訣呀！她靈巧而細長的四肢立刻從坐臥的身下彈出，精神抖擻地奔跑起來。一路風風火火從松林山坡越過泥灘地，還刻意蹬腿濺起冰涼的泥花。她邊跑邊玩，一路哞叫著往黃花山坡那頭奔去。小瑪那斷奶斷得晚。雖然她很早就開始吃草，但依舊經常巴著媽媽的奶不放。只是最近奶水似乎有點變了味，她才漸漸少喝了。不過當爺爺昨天向家人們宣布冬天來臨，媽媽要她學習自己爭食物時，她還是急得哇哇鬧騰，真以為媽媽這樣狠心不要她了。直到晨霜朝露也藏不住睡夢中那股清香韻味，瑪那這才反應過來：冬天來臨，就意味著香乾草的季節來臨！

香乾草和每天見到的長生草可不一樣，只有冬天才能吃個夠。小瑪那除了每天跟姊妹們到處遛蹄子，最喜歡纏著聽爺爺說貝克牧場一年四季的故事。而在冬季的故事裡，有關爭搶香乾草的橋段正是她最喜歡的情節之一！小瑪那吵著讓爺爺說了一整個秋季，覺著從叔叔阿姨們眼皮子底下拉扯出幾把甜酥酥的香乾草爭食，肯定比拔嚼每天腳下踩著的長生草好玩多了！

「哞呦～」

小瑪那深吸一口颯冷的空氣，把溫暖的肺脹得沁涼，感覺自己的胸口像裝滿了雨後奔流的溪水，暢快地唱起歌來：

「哞呦～哞夸嘿～呦夸～裡呦美嘻梅多瑪～」

她快樂的歌聲喚醒了風，風合唱著將層層雲朵吹開，吹醒了太陽在山坡上灑下又長又亮的影子。草坡一層綠一層光，交織出一條通往香乾草、同伴和家的路。在魔幻的晨光沐浴中，她踏著輕快的小蹄子來到黃花山坡。忙著低頭吃草的長輩們紛紛抬起頭來看她，彷彿在說：

「還不快過來，你個小懶惰蟲。」

小瑪那扭扭她的小屁股，擠進叔叔阿姨的大屁股與大屁股中間，在夾縫中用力扯出一撮香乾草。小瑪那一嚼就好喜歡，和清脆帶著泥香的長生草完全不同，曬勻了陽光暖意的香乾草又鬆又軟，不輸給媽媽溫熱的奶水。她大聲歡呼著鑽入牛群圈圍住的乾草堆，將小小的牛頭埋進去大吃特吃，誰知道她太過興奮，竟自己給結塊的草團噎著了，卡在喉嚨吞也不是吐也不是，兩眼圓瞪都要掉在地上。小瑪那一邊搖晃著腦袋、一邊踢踏著前蹄，慢慢地退出了香乾草的圈圈。她伸長了脖子忽前忽後地擺弄，又一甩一甩地想清理喉嚨的滑稽模樣，惹得大夥笑聲連連。小瑪那聽見笑聲嘔氣地扭頭一看，正要發脾氣鬧騰呢，卻見媽媽站在不遠處的乾草堆裡笑盈盈地看著她。

「瑪那，我親愛的阿夸。」

媽媽輕聲呼喚她，聲音彷彿很近又很遠，她說……

「瑪那。」

一聲呼喚將瑪那從回憶中拉出。

「嘿，瑪那，你還好嗎？」

阿吉小心翼翼地踏著蹄子，在搖晃個不停的房間中，步履蹣跚地走到瑪那的身邊悄聲問道。瑪那剛才那一下可踉蹌得不輕，整個房內都聽得驚心。瑪那抬起頭來望向阿吉，卻見阿吉臉色慘白慘白的，一點也不像是還有餘裕關心別的事情的模樣。

「還好，就是像小時候噎氣那樣，」瑪那故意語調輕鬆地說：「你知道，腦袋暈乎乎的。」

「呵呵……」阿吉眨眨眼睛，想起童年時光，她也擠出一點笑容來。

「你呢？你怎麼樣……還有奈奈呢？」想到奈奈，瑪那回頭望向漆黑的房內。

「奈奈不舒服，窩在那休息。」阿吉說。

房子裡一片安靜，除了外面車聲轟轟不斷，就只剩下濁濃的呼吸聲。在瑪那、阿吉和奈奈一起被趕進來時，就是這個狀況了。藉著窗外的微光，瑪那可以看見十來個小姐姐縮在各自的角落，臉上沒什麼表情，四周則瀰漫著些許不安的氣息。瑪那心裡浮現一種奇怪的感覺，她隱約覺得這些牛姐姐跟他們三姊妹……跟貝克牧場的家人們似乎都不太一樣。

「嘿，你們還好嗎？」阿吉順著瑪那的視線，小心地往房裡挪了幾步，向陌生的姐姐們輕輕抬頭問候。「我是阿吉。」

「轟……轟轟」

除了車聲和風聲，瑪那和阿吉沒有聽到別的聲音。幽暗的房間裡，也看不清姐姐們細微的動作和表情。

「你們叫什麼名字？是從哪裡來的呢？」阿吉又開口詢問，這次她拉直了耳朵仔細聽，卻依然沒有聽見任何回應。阿吉沒有放棄，她開始自顧自地說起話來。

「我先介紹一下自己吧，我是阿吉，她是瑪那，我們和角落那個小姑娘——奈奈，是一起長大的家人。」

「我們是從貝克牧場來的，那是一個臨近快速車道的大草坡。有黃花叢、松木林和小溪的貝克牧場。」

聽到這裡，那些牛姐姐們紛紛抬起頭來看向阿吉，大耳朵輕輕地上下擺動，氣味也變得混雜起來。

「我們有七十三個家人生活在一起。」阿吉接著說：「和一些綿羊們共享那片草坡。」

「等……等等。」一隻牛姐姐遲疑地開口，「是那個貝克牧場嗎？連羊都會開心得跳起舞來的那個貝克牧場？」她胸口前傾，脖子往阿吉的方向延伸，像是沒有聽清阿吉說話。小窗的光線，照亮了牛姐姐缺角的頭頂。

「喔。」阿吉眼神飄向此時將耳朵拉成一條橫線的瑪那，她猶豫地答道：「我不曉得……我想應該是吧。就像你說的，羊群有時候是會在日落的時候跳舞。」

「居然是真的……」牛姐姐自顧自地嘟囔著，沒有答腔回應阿吉，眼神裡閃爍著哀傷。

「嘿，你怎麼啦？你叫什麼名字？」阿吉將鼻子湊過去問候。

「我……」牛姐姐卻將臉撇到一邊，低聲說道：「沒有……我沒有名字。」

垂墜的耳朵，表明她不想再多聊了。

後來不管阿吉再怎麼努力活絡氣氛、好聲安慰，那位牛姐姐都不再說話，只管在同伴頸窩邊磨蹭安慰。其他牛則始終保持著沉默。房子裡，開始瀰漫起一股黴菌般微苦的氣味，讓瑪那的情緒也變得更加低迷。阿吉便垂下耳朵不再說話，沮喪地和奈奈臥在一起取暖去了。

瑪那本來也想問那些牛姐姐問題的，但她和阿吉不同，比起去認識新朋友，瑪那更想知道這輛車究竟是開往哪裡。轟嗡不停的震盪顛簸與金屬地板帶來的堅澀磨刮感，從四肢一路延伸到頭頂。此刻，她比剛來到這裡時更加不安了。如果能選擇的話，瑪那是絕對不會走進這個被車子拉著跑的金屬小房子裡的。即使有那麼一點可能，這輛車是前往和媽媽與其他家人一起會合的地方，她也不願意離開她安身立命的貝克牧場。或者是出於直覺，她就是認為不該坐上這班車。這種不祥的預感弄得她再次反胃起來，好像長生草化為一隻鼠類在肚子裡亂竄。

她突然間想起今年春天那場奇怪的傳染病——羊群們離奇地一隻接著一隻死去——那就是她開始感覺不安、生活即將迎來遽變的預感，以及，一切的起點。

2

一切都從貝克牧場死了今年第一頭羊開始。

貝克牧場位於溫暖的南方，兩百多公頃的土地上丘陵谷地綿延，小溪由東邊高山上的雪融化而來，流經中間的谷地並灌溉了這片美麗的草原。靠東地勢較高的丘陵上，是一片樹齡三十至四十多年的輻射松木林，北邊的山坡則有大片會扎人的金雀花叢，西邊靠近一條重要的交通幹道，白天整日車流不停，南邊則是牧場的主人貝克先生的家。貝克先生的妻子在二十年前離開人世，他們有三個孩子，以前都是牧場上的男丁。不過自從最小的兒子也在去年離開家鄉外出工作後，現在整間屋子裡，只有貝克先生和小兒子撿來的兩隻調皮小野貓。牧場越過黃花叢的另一頭，住著貝克先生的老鄰居老喬，他會在海釣豐收的好天氣，帶上啤酒來牧場找貝克先生搭伙，交換海鮮、肉製品與牧場上的趣事。

貝克先生十分享受他的放牧生活。每天早上扶起被貓弄倒的花盆後，他會開著四輪車去巡視整個牧場，看看有沒有哪隻牛羊生了病或摔了跤，需要他的幫忙。接著他會檢查木圍欄是不是牢固，最上方的通電鐵線電流是否恰到好處。這些每天例行的瑣事大約會花掉他一個上午的時間，但貝克先生並不覺得厭煩，反而為這樣如常的日子感到安心，就像每天的日出一樣。貝克先生的兒子們也喜歡這些牧場上的瑣事，他們打電話來時總會問「牛羊們好嗎？」特別是貝克太太剛剛過世的時候，他們真心為這些讓爸爸忙碌的瑣事感到慶幸。

每個季節都有事可做，但每個季節都可以照著自己的步調去做，這就是貝克先生之所以喜歡經營牧場的原因。當然，最重要的是，他喜歡與這群動物和樹木為伍。

這年春天也如往年一樣，一旦溫暖的太陽出來的時間拉長、大地從冬日的休眠中甦醒，那些在入夢前數過的羊便會一隻接著一隻地冒出來。貝克先生每天都可以在牧場看見幾隻新生的小綿羊，緊緊跟隨著羊媽媽，到處找小同伴們打滾玩耍。

「小傢伙們，歡迎來到這個世界。」

貝克先生總是笑著說。

相比起個頭嬌小而多產的兩百多隻綿羊，在這個牧場裡，牛的數量並不像羊那麼多。畢竟牛可是大食客，每天要吃的草料是羊的十倍之多，體重也不遑多讓。不過牛在數量上雖然是劣勢，但他們可是這片草場上的老大，尤其是母牛，更是威風得不得了，這點在餵食冬季乾牧草時，更是特別明顯。每次貝克先生開著農用四輪車，拉上一片又一片疊得老高、被壓製成方塊狀的冬季乾牧草到草場裡去時，搶在前面的一定是母牛。

這年春天來得晚了點，草坡還沒恢復應有的活力。貝克先生開著嘟隆作響的四輪車進入牧場時，等在入口大門附近的牛群們聞聲趕來，趁著貝克先生下車關門的時候，湊到車斗邊扯下一把乾牧草過過癮。但貝克先生並沒有理會這群心急的大朋友，他回到車上繼續前進，一路慢慢開上十幾分鐘，後面緊跟這群窮追著牧草饞得緊的牛，七零八落地連成了一條長長的隊伍，大小公母一隻接著一隻延續了三、四公里遠。直到車子來到牧場的中央，貝克先生才終於解下繫著牧草塊的繩子，並開始將一塊又一塊的乾牧草分別扔在草坡各處。只見遠的近的都踏著輕快的步伐跑了過來，就著最方便的草堆吃將起來，這時屬於牛的權力階級便立刻顯現了出來。

首先是中年的公牛。

一隻剛爬上山坡的灰眉毛公牛，興沖沖地跑近一個無主的牧草堆吃了起來。

「喲，聖誕小子，這麼早。你杵在門口等了嗎？」

貝克先生一邊丟著牧草塊，朝著灰眉毛的公牛瞟了一眼。這隻公牛除了灰眉，白色的毛髮簇擁圍著張黑臉，表情總是笑嘻嘻的，眼睛瞇瞇像是送禮的聖誕老人般討喜。

「年輕力壯的公牛就該翻過山頭自個兒找吃啊，你這可算不上什麼好漢喔？」

想起在外打拼的兒子們，貝克先生便呵呵笑了起來。

接著是年輕的母牛。

一隻眼周有著白色花斑的母牛，慢慢扭著腰、踱著步走到了這堆牧草邊，在公牛的旁邊慢條斯理地吃起草來。她一邊低頭吃草，一邊時不時扭頭擺尾、眼睛一眨一眨地盯著草堆對面的聖誕小子。那風姿綽約的模樣看起來充滿自信。

「早安，花姑娘，昨晚睡得如何？」

貝克先生在心裡特別疼愛這隻母牛，覺得那花斑像是一朵被風吹散的白色小雛菊落在了棕色大地上，煞是好看。貝克先生還知道這隻母牛雖然在公牛面前擺出一副慵懶的高姿態，但相比起其他母牛，她可真算得上是一位溫柔賢淑的少女了。

「真期待明年春天能見到你的孩子哪。」

然後是生過孩子的母牛。

一隻頭頂印著白色V字、目露兇光的母牛，踱著急切的步伐往同一堆牧草來了。聖誕小子和花姑娘一邊嘴上不停，一邊瞪大著眼睛緊盯這隻母牛往這邊走。在這明明還有空間的牧草堆旁，母牛卻就近一腳跨在灰眉公牛的前蹄邊上，脖子猛地一扭將頭頂在公牛的臉上。公牛似乎撇了撇嘴，維持著低頭吃草的動作，眼神戒備地看著母牛想往花姑娘那裡退去，卻一個沒注意便壓著了緊臨著他的花姑娘。花姑娘不高興，抬起頭也頂了回去。聖誕小子兩邊不討好，只得退出這堆他最先開吃的牧草，轉身往遠一點的牧草去。

「唉喲，殿下這脾氣，還是一樣不好惹啊。」

除了一隻在貝克牧場生活了十七年的公牛，總被貝克先生稱為巴迪，其實貝克先生並沒有幫每隻牛都取名字。事實上，他並沒有花心思去記得七十三隻牛的不同，有時一個名字這天是這隻牛、那天是那隻牛，有時同一隻牛有好幾個不同的稱呼。貝克先生喜歡他的牛，但不在意牛是否有名字，牛自己也不在意。但那可不是因為他們聽不懂貝克先生在說些什麼，只是因為那和他們自己認同的名字根本八竿子打不著。貝克先生所說的第一隻公牛聖誕小子是歐比叔叔、第二隻母牛花姑娘是妹妹奈奈、第三隻母牛殿下是阿吉的媽媽吉娜、巴迪則是記不起自己名字的爺爺。他們牛的名字，是在剛出生時，在媽媽用舌頭舔舐小寶寶的氣味時，不斷柔聲輕喚所給予的。那是屬於牛的、屬於氣味的名字。貝克先生用性別、體型、毛的花色等，去區別他們，在他們看來可說是相當不聰明了。

「咦？這不就要轉一圈才知道誰是誰了嗎？」

瑪那剛聽爺爺說的時候，曾經這樣驚詫道。畢竟要牛轉圈可不是一件容易的事。

「沒辦法，人類沒有個好鼻子的。你要是從後邊接近他，他肯定要大吃一驚呢。」

其實不僅僅是鼻子，人的眼睛也沒有牛的眼睛好，他們只能看見自己正前方的景色；牛則剛好相反，只有正後方的景色看不見。瑪那聽了爺爺的話，覺得好奇有趣，於是隔天便趁著貝克先生忙碌於木圍欄時，從後邊接近他。自那以後，貝克先生就對瑪那有了戒備，似乎認為瑪那有可能會攻擊他，也因此清楚地記住了瑪那這隻牛。

「長角的。」

這是貝克先生給瑪那的稱呼。

但瑪那不喜歡這個稱呼。

「明明我們都有角的。」瑪那想：「只是我的稍微長了點。」

角是來自血緣遺傳。媽媽有小而美的角，還父有寬而彎的角，於是瑪那的角比較明顯一點。遷父是在不同牧場間來去的公牛們。瑪那曾聽媽媽說起自己的爸爸，除了具備遷父們濃烈的雄性氣味外，角更是她從沒見過的又粗又長。瑪那以為這沒什麼大不了的，但隨著年紀漸長，瑪那的角越發長得長而俏麗了。媽媽很高興，瑪那也高興，可是這讓瑪那在牛群中變得有些奇異且顯眼，這卻是瑪那不喜歡的了。

這天瑪那和阿吉從前一晚休息的遠處山坡上，慢慢走向貝克先生餵食香乾草的草坡。瑪那遠遠看見貝克先生扔完了車斗上的乾草塊，重新騎上四輪車準備去巡視整個牧場。瑪那跟著阿吉慢慢走到坡谷，越過一處低窪，看見前面一處年久失修的分區隔欄。木條鬆垮地吊在木樁上，露出一道可容納一隻懷孕母牛通過的破口，地上還有幾片木板陷在泥地裡。這算是一條靠牛蹄踩出來的捷徑，雨水匯集與長年踩踏的足跡讓此處顯得有些泥濘。瑪那不喜歡泥濘，她和阿吉分道而行，繞往一處沒有隔欄的開口。

「嘟隆嘟隆……」

經過開口時，瑪那看見貝克先生也駕著四輪車往這裡駛來，但在大約一百米遠的地方下了車，走向一隻橫倒在草地上的羊。貝克先生在羊的身邊跪下來察看，那是一隻生病的羊，吃力地喘著微弱的氣息，眼睛無神地望向天空。這種場面瑪那可是看過無數次了，並沒覺得有什麼感傷，和他們大牛相比，羊畢竟就是一種脆弱的生物。瑪那聞到香味，轉身往貝克先生停下來的車斗走去，吃上面一撮撮散開、因不成塊而被留下來的香乾草。

「喲，這是怎麼了？」

不遠處，瑪那聽見貝克先生自言自語。

「嘴邊有血沫……這個季節的話……是腐腎病？」瑪那看見貝克先生抓起羊兩只無力的前蹄，將奄奄一息的羊往前拖了三米平放在草坡上，並小心地調整了羊的頭部與身體的位置。

「嘿咻，也只能這樣讓你舒服點了。」

貝克先生扶著膝蓋慢慢站起身來，低頭看著羊沉默不語，似乎在思考些什麼。

接著轉身走向瑪那，走向他的四輪車。瑪那識趣地讓開了位置，目送貝克先生長驅而去，才慢慢走向丟滿香乾草的那片草坡，和家人們一起享用今天的陽光氣味。過了不久，幾哩遠的地方傳來一聲沉悶的轟鳴。大夥都抬頭往聲音的方向看去，一陣硝煙味隨風飄進瑪那的鼻子裡。

「嘿唷怎麼？又有羊死了嗎？」

「阿吉，不過是死了一頭羊，別這麼大呼小叫的。」

「說的也是。」阿吉蠻不在乎地應了一句。

是的，只不過是死了一頭羊。瑪那也是這樣以為的。畢竟羊是那麼弱小，每年都會死上個十來頭。羊總是吃他們牛吃剩的，牛如果決定今天要在這個山坡吃草，羊就會去他們牛沒去的地方。如果他們牛說一，羊決不會說二。羊很膽小、迷信，又不如他們大牛來得聰明，所以即使羊的家族龐大而多產，卻還是對他們大牛畢恭畢敬的。瑪那聽爺爺說，這是因為那些厚重的羊毛不只會遮住羊的眼睛，也會使羊群們行動緩慢、屏蔽聰明與智慧。爺爺曾經告訴年幼的她，這些傻羊相信死亡是趁太陽未昇將昇之際，從自己影子底下的那片土壤裡鑽出來，並牢牢攫住他們的。如果羊在天亮以前沒有站起身來移動，死亡就會找上門來。

這牧場上受了點傷或風寒就過世的羊還少嗎？瑪那並不感到傷心。可是與羊相處的日子多了，總歸也不會沒有感情的。羊很弱小、很早夭，所以比他們大牛更珍惜光陰歲月。羊總是脾氣很好很知足，只要一點點草就會開心，傷心難過的事情轉眼就忘記。羊時常在日出時唱歌，日落時跳舞，不得不說他們有很棒的歌聲和柔軟的身體，牛見了也要跟著開心起來。

「嘿快點啊，瑪那，你瞧奈奈都快吃飽了，我們待會還要去找大角花呢！」阿吉催促的聲音讓瑪那回了神，將她微不足道的感慨甩出腦袋。

瑪那笑了笑，「終於肯信我啦，爺爺說的季節肯定不會錯的！是誰昨天在嚷嚷著找不到要放棄的？」她一邊說著，一邊在右眼廣袤的視野一隅找到奈奈的身影。

「早安啊，奈奈。」瑪那向奈奈走了過去。

這堆稍早發生過爭奪戰的草堆，現在已所剩不多了。

「早安……」

奈奈搖了搖耳朵正想向瑪那問候，就見瑪那站在草堆的另一頭，表情誇張地銜起一口香乾草，一邊嚼一邊還發出咂吧咂吧的聲音，一副很香的模樣。阿吉也跟了過來，在瑪那的旁邊有樣學樣地嚼了起來。

「咂吧咂吧，咂吧咂吧」

奈奈不好意思地扭了扭脖子，瞇起的雙眼像是要笑又像是要迴避似的。見瑪那和阿吉面不改色地在那猛嚼，奈奈眨了眨眼睛，表情也變得正經起來。她小心地銜起一口香乾草，輕顫的臀部顯示她正努力壓抑尾巴透露出情緒。她開始模仿瑪那和阿吉的樣子，跟著誇張地嚼起草來，「咂吧咂吧」，嘴巴卻好像不聽使喚一般·每嚼一口就掉下一簇草。

「噗！哈哈哈哈哈！」

奈奈那威風不起來的滑稽模樣，惹得瑪那和阿吉同時大笑出聲，阿吉更是將尚未嚥下的草根噴得漫天飛舞，惹得奈奈一陣噴嚏。

奈奈從小體弱，性格內向又乖巧，瑪那和阿吉一直把她當作需要照顧的妹妹來看待。十幾天前，她在牛群的邊緣獨自吃草，竟有幾隻羊越走越近，幾乎就要越過她到牛的草坡上吃草，簡直不知道次序了。奈奈第一次碰見這種情形，頓時有點慌張，她跺了幾下後腿，卻無意間驚動了土穴裡最近急遽增長的褐兔。幾隻褐兔飛快躍出，掀翻了土壤和長生草，一下子不見蹤影，也讓容易受驚嚇的羊群騷動起來。好在瑪那的媽媽朵納當時就在不遠處，一聲平穩的哞叫配合幾個端正的步伐，羊群便乖乖地離開了牛的草坡。瑪那在晚上入睡前，聽到阿姨們談起此事，頓時感覺媽媽又比月娘大了些，但同時也擔心起奈奈。畢竟十一個月該算是隻大牛了，就像她自己一樣。隔日，瑪那便和阿吉商量對策，他們很快決定，要教奈奈如何吃草吃出「大牛的威嚴」。

瑪那將臉頰輕靠在奈奈的脖子旁磨蹭安慰，「奈奈阿夸，你可以再有自信一點喔，拿出大牛的威嚴。而且，阿吉不是說要帶你去找大角花嗎？」

「嘿奈奈，」阿吉立馬接著說：「聽說大角花吃下去，就連啄羊虹鳥也要禮敬三分，到時候我們可就要靠你啦！」

大角花是牛族的聖花，雖名為花，但其實是長得像花一般的果實。透明的花形果，小得幾乎看不見，宛如晨露結晶，在月光下仍透出礦石般點點瑩光。它血色的枝條在叢間縱橫交錯，結構緻密得就像一條條筋脈通往四肢百骸，彷彿不停隨著大地的心臟搏動。大角花和牛一樣，有公也有母，公牛吃公樹的葉子，母牛吃母樹的果。傳說還有一種能夠自己懷孕生子，在公樹上結出母果的大角花，若能尋得這種果實，讓臨盆的母牛或不滿一歲的母牛吃下，就能在服用後長出最美麗的牛角來。此時阿吉已滿週歲，瑪那和奈奈則還有機會。但是三隻母牛都沒有看過大角花，甚至他們的媽媽也都沒有看到過。瑪那聽爺爺說，在他小時候，牧場上的大角花就已經很少很少了，順利結果的則更少。但爺爺還記得，瑪那的奶奶曾經找到過，就在牧場的北側。那是冬天剛剛過去的時候，也就是現在這個季節。

奈奈靦腆地笑了笑，頓了半晌，又接著說：「唔，不過會鬧肚子的細苦草和治肚子的涼通草阿吉都分不清了，這樣我們什麼時候才能找到大角花呢？」

草坡上陽光燦爛，就如三隻年輕小母牛的歡笑聲，明亮了整個家。他們一路吃、一路玩，融化了冬雪結冰的溪水，涓涓細細地輪著唱一首屬於家鄉的童謠。

「哞呦～哞夸嘿～呦夸～裡呦美嘻梅多瑪～」

歌聲慢慢往牧場的北側流淌，往溪水的源頭流去，朝著大角花、朝著傳說所在的地方漸漸遠去。

3

「休息一會兒怎麼樣？」

直到太陽過了頂，逐漸往西邊的快速車道轉去，三姊妹才看見灌木叢與長生草交界的草木線。瑪那和阿吉昨日拜訪過牧場北面以西的地方，今日往東走，地勢一路向上攀。奈奈雖不如出生時那般體弱，但因為從小受到保護照顧，總是與叔叔阿姨們待在一起，少有攀高跋涉的經驗，此時噴出的鼻息已帶有微濁的鹹味。瑪那聞到了奈奈的疲憊，這才意識到太陽已走過天幕的一半。

瑪那出聲提議，卻馬上注意到舉目所及皆是布滿了刺的黃花叢，刺刺尖如蜂針，從難纏的藤條裡鑽出。這裡絲毫沒有大角花的影子，甚至連其他植物也不見蹤跡。雖然初春的陽光不算強烈，但倘若能找到水源或是樹蔭，對於一隻疲憊的牛來說，仍是再好不過了。

瑪那猶豫了一會兒。

「再往上點，我們去松木林裡吧！」

瑪那刻意放緩了步伐走在前頭，奈奈溫順地跟在後頭，而阿吉就和平時一樣忽左忽右地繞著大夥轉。在距離松木林還有一個小坡的地方，阿吉倏地興奮起來，嚷嚷著「大角花，大角花」，便蹬起前蹄飛快地越過瑪那往松木林裡去，拐個彎就不見了身影。

才走進松木林，熟悉的松木氣味和溫度一下子涼得瑪那有些不自在了，但看到奈奈一副舒了口氣的模樣，瑪那還是決定繼續往前走。其實瑪那半年前經常和阿吉來松木林裡認識菇果，那時候阿吉可懂得比她要多，但阿吉不嫌棄，樂得有個玩伴一起遊戲，兩個小傢伙便一天到晚往樹林裡頭鑽。但是幾個月前起，瑪那總是藉口冬天的樹林裡太冷，害她受了風寒，一直沒有再來過。

「阿吉？」回想起幾個月前的事情，瑪那覺得更冷了。她很想快點找到阿吉與她會合，可是越走，她越覺得樹林裡似乎籠罩了一層灰，毛皮上的涼意已經開始讓她覺得受到威脅。

「媽……阿吉～」瑪那著急起來，想要叫喚牛群與她同在。

就在此時，一個熟悉溫婉的聲音從瑪那的身後傳來。

「等一等奈奈呀～瑪那阿夸，奈奈覺得這裡好美喔。」

瑪那頓時醒了神，放鬆自己不知何時繃緊的面頰、肩頭、尾巴和眼睛。她扮起一隻大牛該有的鎮靜，慢慢地扭過頭去應和奈奈。

「是吧……」

在瑪那扭過頭的當間，一道陽光乘著風吹進了瑪那的眼睛裡，閃得瑪那的視野一片花白。她瞇起眼睛，隱約看見奈奈的身影在幾十步之外，緩緩從樹林間走出。高大的樹木襯著她小小身影，在枝椏間灑下的光束中閃動。

瑪那的視野逐漸清晰，她注意到這片樹林裡不只有單調的松樹群，還有許多不同種類與高矮的樹木和植物。正午後的陽光被隨風搖曳的枝葉篩落在鋪滿蕨和蘚的樹根上，像是會飛舞的星星，也像蜻蜓的翅膀，飛飛停停、到處閃爍。瑪那跟著奈奈的視線環顧四周，看見花瓣如鳥爪一般、顏色張揚的鳥蜜花，此時正是盛開的時候，夜晚出行的蛾蜜草則匍匐於下，更遠處還有酸口的黑梅與甜口的小雨梅，都是些鳥兒們最喜歡的食物，也是瑪那和阿吉小時候的樂園。香甜而豐富的氣味緩和了瑪那的焦慮，她怎麼就顧著那不愉快的回憶，而忘記了這一片寶地的美麗呢。現在這片樹林可是比半年前更好看了。瑪那回身慢慢走向奈奈，看見奈奈被一叢小雨梅給吸引，頻頻嗅聞卻又不敢嘗試。一隻果蝶閃著翅膀停在她眼前，輕緩地翕動著那對鑲著金邊的小彩葉，看得奈奈眼睛眨也不眨的。瑪那覺得時間好像暫時停止了。

一道黑影掠過上空，在瑪那的眼瞼投下瞬逝難察的陰影。然而牛眼對任何會動的物體都極為敏銳，瑪那本能地用餘光在樹冠間追蹤落葉，還未尋得什麼異樣，熟悉的氣味與聲音便先竄進了腦袋。

「嘿瑪那，奈奈，看看我找到了什麼！」

阿吉的氣味就和她的聲音一樣，像大雨後的艷陽曬在潮溼的泥地上，起初又悶又躁，蒸騰起一地的情熱，風一吹，卻顯得更爽朗得瑟。瑪那很喜歡這個味道。她笑笑轉向聲音過來的方向，看見阿吉用嘴巴曳著一整條枝枒的梅叢正往這裡走，不知已拖了多久，後方枝條的葉子和梅果都已經掉光了。

「那是什麼，好像很甜？」奈奈好奇地問，眼睛裡閃著光亮。唾液的分泌告訴她，阿吉帶來的肯定是種美味的食物。

「是甜水梅！」瑪那誇讚道：「真有你的。」

「那當然，我可是阿吉阿夸嘿！」阿吉的尾梢蓬得像隻松鼠。

三個小毛頭大快朵頤，很快將果大汁美的甜水梅捲得一乾二淨，還意猶未竟地想再往樹林裡尋去，全然忘記了此行的目的。他們跟著阿吉的腳步前進，越走越是吃驚。除了阿吉一路口沫橫飛地描述樹林裡多少神祕精彩和沒見過的東西，還有阿吉比他們都要龐大些的身形，竟然能在樹叢間東避西閃而不撞斷哪根樹枝。瑪那這才想起剛才那會兒她和奈奈走的路似乎開闊許多，是貝克先生的四輪車也能通過的寬度，而此刻阿吉卻是領著他們走在比羊徑還要窄些的路上。這靈巧得過份的模樣，可是與阿吉平日裡的形象大相逕庭。

就在瑪那又一次踩斷一叢黑梅，還挾帶了一節小樹枝卡在蹄間，又一次看見奈奈被一根低椏突出的枝條給劃傷了腿，終於忍不住要喊停的時候，阿吉停了下來，不發一語地向著前方。

「怎麼了？」奈奈開口詢問。此時她的小身板正卡在瑪那和阿吉之間，望不著前也望不著後。

瑪那重心後移抬起胸膛，將前蹄搭在奈奈的身上往前張望，看見不遠處一叢叢花花綠綠的果樹，數量足夠讓他們吃上一個星期。只是此時風向未明，聞不清那果究竟是不是甜水梅。她看向背對著她的阿吉，耳朵拉得老直，尾頭微微翹起，好似有些緊張。

「阿吉，你看見什麼了？那是甜水梅嗎？」

「是呀，嘿嘿，剩下的可真不少呢！」阿吉放鬆了尾頭，好像沒事一般繼續往前走，卻又在距離甜水梅幾步的地方停了下來。

此處羊徑再度變得寬敞，甜水梅的氣味也濃郁起來。第一次進到松木林裡探險的奈奈大起膽子，走到阿吉的身邊。只見眼前顆顆晶瑩飽滿的甜水梅，幾乎熟得要脹破果皮，地上已有好些落果被咬去一半，樹上也有不少鳥喙啄過的破果，涔涔汁液黏糊甘美地流了滿樹滿地，就像奈奈的口水一樣。

「好香啊，奈奈可以再吃一點嗎？」

奈奈禮貌地問道，腳步則已經向前踏出。她伸出長長的舌頭捲起幾顆正滴著汁液的甜水梅收進嘴裡，眼裡迸出喜悅又甜蜜的光芒。這幸福又滿足的模樣，讓瑪那和阿吉感覺自己正做著一件了不起的事！

「奈奈在想，不知道能不能帶一點回去和叔叔阿姨們分享。」

甜水梅是屬於許多生物的，即便是他們大牛也不能多取。瑪那原想把自己和阿吉的份留給奈奈，沒想到奈奈不但沒打算要，還打算分享給更多家人。這正是一隻大牛該有的品性與美德。

「說得是！」瑪那更喜歡這個點子，她換上一副調皮的表情笑盈盈地說：「嘻，要是我們奈奈貪吃，恐怕就要變成甜水梅，被阿吉吃掉啦！」

「哞啦啦嗚嘿！」阿吉配合地發出怪聲，一邊賣力地抖著舌頭，黏稠的口水噴得奈奈整臉，奈奈卻被逗得笑個不停，身子軟軟地靠在瑪那身上。瑪那第一次感受到一種奇異的踏實感，就好像她真的成為了一隻大牛。

三隻牛姊妹的喧嘩吵鬧，似是引來森林的不滿，一陣尖銳高亢的怪聲從地面下發出，緊接著一個巨大的陰影竄出樹叢。

「嘎咯啊啊，嘎咯啊啊」

一隻從沒見過的怪鳥展翅飛到面前的甜水梅樹叢上，全身長滿了如松果般片片的硬殼，翅膀有成牛那麼長，展翅時露出烈火一般的警示色，那近在眼前的尖銳嘴喙和眼睛，宣告了他掠食者的身份。一陣腐肉的腥臊味撲面而來，促發了草食動物本能的求生機制，三隻小母牛的五感瞬間變得敏銳清晰，腿肌和腳蹄蓄力迸發，毫不遲疑地跟隨直覺，朝著樹林之外奔逃起來，沒有回頭一路往家的方向奔去。

「呼哧、呼哧，啊……媽媽……」

當瑪那喘著粗氣回到牛群時，就看到媽媽正站在那裡等她。旁邊還有爺爺、莫古叔叔、吉娜阿姨，和一副剛被教訓完而顯得迷迷糊糊的阿吉。大夥的表情都很嚴肅。

「瑪那，我的阿夸，快過來。」

雖然媽媽聲音溫柔地喚她，但瑪那仍自覺似乎做了什麼錯事。她縮著耳朵乖乖走了過去，一條尾巴緊收在腹，沒想到媽媽只是仔仔細細地將她裡外瞧了個遍，接著一個勁兒地舔她的臉蛋和屁股。知道媽媽只是在擔心她，瑪那頓時鬆了口氣，一下子便將剛才的驚險拋諸腦後，和媽媽撒起嬌來。

「傻孩子，沒事就好。去樹林裡可一定要保持警覺，阿吉注意到的，你得要再注意呀，你明白了嗎？」

原來當時阿吉已經注意到一點異常，像是樹梢上明明有群鳥爭食的痕跡，但卻沒有一隻在場。想起樹林裡奇異的安靜，瑪那也不禁害怕起來。

不久後，奈奈也平安回到牛群裡，朵納媽媽便放開舔得徹底的瑪那，去照顧奈奈。

此時，已是落日時分。不遠處的羊群宛如舉行慶典一般，個個扭著屁股跳起舞來。看著這習以為常的景色，瑪那突然覺得輕鬆舒服了，尤其她渾身包裹著媽媽的氣息——像秋天熟成的長生草泡過甜甜的奶水一樣，讓她覺得放鬆而安心。

「瑪那。」莫古叔叔卻仍是一副嚴肅的模樣，低聲喚瑪那過去。

莫古叔叔是貝克牧場上最帥氣的公牛，擁有最濃厚的雄性氣息。雖然遠不及一年才來一次的遷父們，但仍然受到大夥的敬重。可以說是除了爺爺以外，吉娜阿姨唯一會稍微客氣對待的公牛了。瑪那的心情比起剛才輕鬆許多，她乖巧恭敬地坐臥在長輩們給她留下的位置，就在阿吉的旁邊。抬起頭就能看見爺爺、莫古叔叔、吉娜阿姨，還有留在原地休息的媽媽和奈奈。

等待瑪那坐穩後，爺爺輕輕地開口了。

「瑪那，阿吉說你們遇見了一隻特別的鳥，是嗎？」

爺爺雖然仍然是那個親切地告訴瑪那好多趣事的爺爺，口氣也維持著一貫的平穩溫和，但瑪那還是聽得出來，這是件對牛來說很重要的事情。

「是的爺爺，我沒有見過這種鳥。」瑪那端正地回答。

「你也沒見過嗎？你可還記得他長什麼樣子？」爺爺問。

瑪那從小就特別喜歡飛鳥，經常看著遠方天空中飛鳥彼此嬉戲的影子，直到他們飛走。只是那些大鳥通常都飛得又高又遠，幾乎都看不清，而麻雀一般低飛的小不點，瑪那卻又不怎麼感興趣了。

「記得，他的翅膀內側像深色的晚霞，外側又像披著彩虹似的。從頭頂到尾巴，就像從草地到天空。」要不是那銳利的嘴喙和氣味實在太可怕，不然瑪那回想起來，竟覺得那隻怪鳥其實還挺好看，至少要比烏鴉好看多了。

「唏……」聽完瑪那的描述，吉娜阿姨和莫古叔叔都深吸了一口氣。

「唉……是了，那就是了。」爺爺嘆了口氣後說道：「孩子啊，你們見到的便是死亡之鳥『啄羊虹鳥』。傳說在很久以前，他們原本也生活在大地上，卻因為生性暴力、欺負弱小而被驅逐到高山。可是他們不服氣，所以每隔一段時間，便會回到大地上奪取羊群的性命。他們艷麗的羽毛就像一個標誌，和有毒的蕈菇一樣可怕。孩子啊，接下來牧場裡可要有大事發生了。」

爺爺說著說著，將視線投向遠處的羊群，瑪那也望了過去。此時落日已經幾乎看不見，只剩雲霞的餘光灑在一團團窩在一起的蓬鬆羊毛上。平靜而安詳的生活日復一日，沒有誰想過，這樣的日子有一天會結束。

4

貝克先生已經忙進忙出好多天，整個人消瘦了一大圈。現在不只聽說了死亡之鳥的牛，所有的牛都開始感到事情相當不對勁。

下午貝克先生載著香乾草過來，臉上掛著沉重的表情。牛群們也同感沉重，少了平時熱鬧爭食的景象，默默圍靠過來，吃進比平時更多的草料，以應對不可知的未來。

那天晚上，瑪那沒能入睡。她睜著眼，想從習慣了的泥土氣味裡，嗅出一點羊群害怕的死亡之氣。她突然間想起，那隻啄羊虹鳥當時也是從地底下竄出來的，簡直就是死亡的化身。難道自己也會像羊一樣被躲藏在泥地裡的死亡給抓走嗎？瑪那害怕得站起身來，她嗅聞自己的身體，覺得極癢，慌張地想就近找棵樹把身上的泥味給磨掉。

「瑪那……」一陣低鳴響起，是爺爺。「別擔心。我們不會有事的。」

瑪那回頭望向爺爺，看見媽媽也在同一個方向抬起頭來看她。他們的氣息都是那麼安詳平靜，就像在溪流中的巨石一般。

「你瞧瞧，梅多瑪……」

爺爺一邊說著，一邊抬起了頭，瑪那和媽媽也一起望向天空。

在極美的月色中，月暈均勻地綻放著如蛛網般細密的光輝，在光輝之外更罕見地浮現了一層巨大的冰晶光環。光環如冬日清晨的霜，晶亮純淨地結成圓滿，像在守護著月，也像在守護著月下的他們。瑪那的不安在光輝中漸漸消弭了。

「瞧，月娘笑起來多好看，梅多瑪會保佑我們的。」爺爺說。

瑪那搖搖耳朵，走到媽媽和爺爺的身邊蹭溫暖，身體突然間也不再搔癢。她撒嬌道：「爺爺，月娘的歌聲是怎麼樣的？再說一次梅多瑪的故事嘛。」

「呵呵，好啊。」爺爺笑瞇起眼，讓瑪那挨著坐在一邊，「也就你這小傢伙百聽不厭。」

爺爺將耳朵後攏，神情平靜而肅穆，抬頭看著天幕好一會兒才開口。聲音低啞輕柔，卻清晰地傳進瑪那的腦袋，彷彿來自另一個世界。

很久很久以前，牛和鳥兒都會飛翔，自由自在可以去任何想去的地方。

那個時候，世界沒有天與地的分別，所有的生命都住在同一個故鄉——美麗的斐樂麥梅多瑪。梅多瑪有青色的土、金色的山與銀色的溪流，還有太陽與月娘照顧著梅多瑪的生命萬物。太陽與月娘非常相愛，他們很快有了愛的結晶，經常依偎在一起想像未來哺育孩子的幸福。月娘總是在入睡前，一遍又一遍地對著她那圓潤的肚子唱歌……

「沙啦～沙啦啦，親愛的阿夸夸，嘩啦啦咚兮。」

她唱著，歌聲是如此美麗，萬物都屏息聆聽。如同無數的星星灑在長生草上，被風吹得像流水一般閃爍發亮。

幾千年過去了，月娘的孩子終於出生，卻不知怎地很快不見了。月娘啊，她非常傷心，日日以淚洗面，性情也變得多變且古怪。沉浸在悲傷之中的月娘再也不唱歌了。她天天躲著太陽，因為只要看見太陽她就會想起自己失去的孩子。太陽沒有辦法，只好用一條布幕將世界隔開，稱為天與地。從此以後，只要太陽待在天幕的一邊照顧生命萬物，月娘就跑到天幕的另一邊。

當世界被分成了天與地，許多好奇的生命從斐勒麥梅多瑪離開，來到大地上一探究竟，卻因為力量弱小再也回不了故鄉梅多瑪。善良的大牛奧洛絲於是自告奮勇飛落到地上照顧弱小的生命，成為草原上最強壯且可靠的動物。她一雙美麗的翅膀化為頭頂上傲人的角，向天空展開，就像在飛翔一樣。

在地上生活的奧洛絲不僅將大地打理得肥沃芬芳，受到動物們的信賴，還生下許多自己的孩子。直到有一天，懷著身孕的奧洛絲做了一個夢。夢裡，一個聲音告訴她：

「奧洛絲啊，你是不是忘記了故鄉？孩子們既沒有翅膀，也沒有角了。」

驚醒過來的奧洛絲後悔萬分，但此時的奧洛絲已經很老很老了，她將希望寄託在這最後一胎的孩子上，不斷地向梅多瑪祈禱。

「噢，美麗的梅多瑪，我永遠的故鄉，請別忘了您的阿夸呀。」

於是，斐勒麥梅多瑪回應了奧洛絲的祈求，讓她生下一個美麗的孩子。孩子長大後長出又長又美麗的角，向天空展開，就像在飛翔一樣。

「這就是斐勒麥梅多瑪的故事，天幕的另一邊是牛的故鄉。」

清清喉嚨，爺爺用尾巴掃了掃聽得入了神的瑪那，接著說：「瑪那，如果你想聽聽月娘的歌聲，可要趁日出日落仔細聽了，那時候太陽會撥開天幕到另一邊去。爺爺這輩子沒聽過，但爺爺相信如果是你的話，或許能聽到喔。」

「真的嗎？」瑪那問：「不知道月娘還要傷心多久。我也想到梅多瑪看看。」

「這個嘛……」爺爺思考了一會兒，「爺爺不知道要怎麼到梅多瑪，不過月娘花了幾千年的時間才生下孩子，那傷心或許還要更長的時間吧。」

「哇，真希望我能遇上那個時候。」

「那你可要好好保護你的角唷！」爺爺擠眉弄眼，接著說道：「爺爺我沒有角，大概飛不了啦。」

「角真的可以變成翅膀飛起來嗎？」瑪那甩甩頭上的角，感到相當懷疑。

「小瑪那的角還在長哪，你要多吃一點，或許有天就會飛起來了。」

「那要是飛不起來怎麼辦呢？」瑪那又問。

「嘿嘿，那我跟我們小瑪那說一個祕密。」爺爺神祕地笑著說。

「聽說啊，到天空的入口可不止一個。」

天空的入口。

瑪那看向天空，兩隻黑灼的眼，映照出左右不同的世界——一是又遠又深的幕夜，一是愈加明晃的暈月。瑪那想著未知、想著梅多瑪，不知不覺想了一整夜，直到太陽再次揭開了天幕。

艾芙與新生活

那灰濛濛的奇怪房間，

只要一走進去，

視野就會自動旋轉起來。

1

天空中不見一絲太陽的輪廓，今天又是一個陰雨綿綿的日子。

瑪那有些煩悶，低頭看著地上混成一團團的泥水發愣，覺得提不起一點勁來。此時她站在牧場中比較不這麼潮濕的一隅，與許多牛擠在靠木圍欄的這一側，聳著耳朵等待。牧場另一側的地勢較低、泥濘更深，幾乎一點綠意都看不見了。

「都不知道原來我不喜歡雨天。」瑪那嘆了口氣。

來到新牧場已經一個月，其中有半個月的時間都是細雨紛飛。從前在貝克牧場是難得下雨的，或者下的就是午後的一場快意，天好像總是見得著藍。若遇上幾日雨天，阿吉總會高興著隔天又可以到溪邊玩耍沐浴，一點也不怕底毛被雨或者溪水浸濕。瑪那甚至想過，阿吉的氣味約莫就是這麼來的，因為太喜歡全身濕透後被陽光蒸騰的快意，自個兒都沾染上這種氣味了。但現在所有氣味全被這泥攪成了一團，鼻子都要失靈了。瑪那低頭看向自己那有一半都泡在污水裡的蹄，她懷疑地想，在這個新牧場裡，還有誰會喜歡雨天。

「嘿，噢噢，噢。」

腳下的污泥突然湧動起來，濺起一層泥花，伴隨著難聽的哭聲傳進瑪那的耳朵裡。

「阿吉，你冷靜一點。」瑪那心煩地回頭對阿吉說：「你看看你把這裡踩得更加泥濘了，你不噁心我都噁心。」

「我是嚇到了啊！」阿吉解釋道：「剛剛那邊有隻不認識的牛跑來咬我的尾巴啊！」

阿吉哭叫著，停下腳步又尖聲問：「他們怎麼還不來，太陽要是出來都已經過頂啦！」

「噓！別吵啊！聽不見了！」一隻耳朵聳得特別直的母牛生氣地踱了一腳，蹄子便又踩出了一坑髒水。

又是咬尾、哭叫，又是跺腳的，大夥的情緒自然與連日的雨天脫不了關係。

但這一地淤泥並不全是來自雨水。雨水曬過陽光的甘甜瑪那還算喜歡，就算比不上春日冰涼的溪水，瑪那也不會認為雨水有什麼不乾淨。瑪那嫌這泥水骯髒，是因為這泥水混合著他們上百隻牛，數天來的糞便與尿液。他們大牛的糞便與尿液雖然不是什麼穢物，甚至能讓長生草了解他們大牛的身體狀況，進而變得更加營養豐富以維持整個家的健康，但那可不代表這些好東西全混在一起就還是好的。

混在泥地裡的糞便與尿液很難被陽光好好洗滌，久置未乾的酸化，再加上牛群密集而反覆地踩踏，土壤都緊繃得失去了活力。瑪那感覺這些年輕、缺乏經驗的長生草根，並沒能好好消化吸收這一團玩意兒。過去在貝克牧場從未經驗過這樣的情況，瑪那發現自己感到有點噁心，甚至警戒地縮了縮尾巴。牛可是很愛乾淨的，就算阿吉有時喜歡玩玩濕滑的泥巴……不，就算是阿吉也不會玩這種泥巴的。瑪那自己就更是如此了。她喜歡蹄和毛皮都保持乾燥清爽，癢了就去樹皮上磨一磨。

「唉，真想念那棵帶著辛甜味的小球粒皮樹啊。」瑪那在心裡嘆息著，「這麼個地方，別說樹，居然連根木樁也沒有。」

瑪那抬眼望去，這牧場雖然遠不及貝克牧場遼闊，但長生草的氣味也是綿延了好幾里，而他們卻只能看著木圍欄外的長生草流口水，呆呆地昂首遙望黃土路的彼端。瑪那對著遠處的空氣瞇起眼睛，想看見那一條細不可察、高度及胸的白線。就是因為這條線，使他們與牧場內其他清脆的長生草隔開，只能乖乖站在這個地方等待。這種奇怪的白線，瑪那以前從來沒有見過，也沒有聽爺爺或媽媽說起過。他們幾個初來乍到時，就被這條線給嚇得不輕，一問之下才知道，線上布滿了一種叫作「電」的毒針，每碰一次就像被嗡嗡蜂螫了一下，要是被線給纏住了，就有可能會中毒身亡。

「嗚，怎麼辦……」奈奈當時聽了便哭起來，對陌生環境的不安情緒也變得更加浮躁。「奈奈剛剛碰了好幾下，奈奈還沒有當媽媽，還不想死啊……」

「奈奈……沒事的，」瑪那溫柔地舔了舔奈奈的背安撫道：「我們三個都有碰。而且你瞧，阿吉不是還精神地像隻褐兔那樣走蹦嗎？」

看到瑪那偷偷向自己使眼色，阿吉拉高前蹄將兩隻腿掛在瑪那的腰角上，將自己的後腿拉得又直又長、蹄尖點地，好似正忙著蹦進草窟的褐兔，那騰空的前腿還在瑪那肋骨邊上晃啊晃兒地踢踏空氣，臉仰得高高，鋪滿笑意。

「哎唷，阿吉你太重了！」

瑪那不住嘟囔，阿吉則一副歪著嘴的神氣模樣，他們兩牛六腳地往前走了幾步，瑪那便屁股一扭滑脫出來。阿吉又起身撲向奈奈。奈奈忍俊不住噗哧哧地笑了起來，給阿吉溫暖的腹部磨抵著臀部，心裡不知為何覺得舒服了些。

自從在貝克牧場發生了那件大事以後，奈奈就經常感覺躁動不安。朵納阿姨說奈奈這是要轉大人了。可瑪那和阿吉都沒經歷過呢。奈奈覺得自己可能是被啄羊虹鳥給嚇著了。

「可不是嗎，你呀，每次激動就是要這樣整整。」

瑪那說著，三隻小母牛又一起哧哧呵呵地笑了起來，剛來到新牧場的憂慮似乎也減輕了不少。而這響亮的歡聲笑語，引來其他牛的目光，不知不覺間，瑪那、阿吉和奈奈就成了牛群的焦點。

「嘿唷，怎麼回事？」

發現自己正被陌生的牛群圍在中間，阿吉吃驚得連忙將前蹄放下。奈奈和瑪那也停止了笑聲，她仔細回看著這些牛——說不上哪裡好像不太一樣——在金屬小房子裡感受到的奇怪氛圍又浮上心頭。

「那個……」群牛中一位牛妹妹開口詢問他們：「你們是昨天新到我們布爾曼朵莉牧場的吧？知道昨天一共來了幾隻艾芙嗎？」

「艾芙？」

阿吉、瑪那和奈奈你看看我、我看看你，不明白這位牛妹妹在問的是什麼意思。

「啊，是新的昆蟲或飛鳥吧？」阿吉感覺靈光乍現，尾梢一下子蓬了起來。

奈奈垂下頭往後退了退。

「不如我們就直接問吧？」瑪那一邊說著，一邊朝問話的牛妹妹走近一步。

「對，我們三個是昨天到這裡的。我是瑪那，後面那兩個是我的家人，阿吉和奈奈。」瑪那對牛妹妹介紹了一下，然後開口問：「請問你剛剛說的『艾芙』是什麼意思呢？」

「咦，」牛妹妹驚訝地看向他們，「艾芙就是……我們全部都叫做艾芙啊！你們以前住的地方是用不同的稱呼嗎？」

另一隻牛妹妹接著問：「還有還有，你們怎麼都記得自己的名字呢？真好啊。」

瑪那聽不太懂。

「你的意思是，在這裡不管小牛老牛、公牛母牛都被稱為艾芙嗎？」

「公牛？那是什麼？」又一隻牛妹妹問。

公牛是什麼？這是什麼問題？

瑪那聽著覺得莫名其妙，這究竟該從哪兒解釋才對呢。她左右環視一圈，發現這些牛——似乎都是個頭小些的牛妹妹，此時全疑惑地望著她。瑪那站在那兒愣了半晌，不知要如何開口回答或提問，倒是阿吉反應快了一拍。

「哈哈哈！我要笑死了，你爸爸、你叔叔、你的哥哥弟弟就是公牛啦！」

「爸爸？叔叔？」

又是一個問句後，連阿吉都搭不上腔了。

大夥沉默了半晌後，奈奈遲疑地開口：「你們沒有爸爸嗎？那你們的媽媽呢？」

「媽媽有哇，生下我們的就是媽媽。」

提起媽媽，牛妹妹們都很高興地蓬起了尾梢。

「我！我還記得媽媽的氣味喔，甜甜淡淡的，像小紫花的蜜！」一個帶著甜梅味的妹妹興奮地說：「絕大部份的艾芙都不記得呢！」

奈奈的聲音帶著一絲顫抖，「你們的媽媽都去世了嗎？」

「不知道。」甜梅妹妹的尾巴萎下來，「有時會覺得好像聞到媽媽的氣味了，可是會不會是我的幻想呢，因為太想念媽媽了。」

「所以你們的媽媽都很早就離開你們身邊了？」奈奈擔憂地繼續問道：「這樣你們吃什麼長大呢？」

「食物，食物不是都由主人提供的嗎？」甜梅妹妹說：「就是長生草和種籽粉啊。一些對艾芙好的東西吧。」

當時奈奈聽著這些話想起自己失去的媽媽，大起膽子重複他們稍早的動作，與妹妹們彼此跨趴、互相安慰了起來。瑪那一方面感到心疼，另一方面卻總覺得哪裡有古怪。此刻瑪那站在越來越潮濕難耐的草地上發著呆等待。回想剛來到這個被稱作「布爾曼朵莉」的牧場時所發生的事，有些事情即使離奇也算是有了答案。但有些怪事就算問了那些艾芙妹妹們也是一概不知。譬如那個會旋轉的詭異房間。

那天，當金屬小房子終於停下來時已是落日黃昏，他們一行牛在人類一前一後的引導下，走進了牧場。一路的顛簸踉蹌讓大夥都疲憊極了，能重新踏上土地、聞上長生草熟悉的氣息，便足夠讓他們放鬆繃緊的神經，什麼也不想地好好睡上一晚。隔日醒來，卻發現受困於那可怕的毒電線，再來便是那詭異的房間了。那灰濛濛的奇怪房間，只要一走進去，視野就會自動旋轉起來。第一次瑪那被拍了一下屁股，還困惑著呢，就又被送了出來。第二次她才發現，移動旋轉的是房間的地板，而不是自己的視野。第三次她感覺自己上廁所的地方像是被放進了什麼東西，那種感覺雖然很快就消失，但留下來的觸感卻讓瑪那覺得怪不舒服的。在那之後，她和阿吉便被送來了現在的草場，與早些被送過來的奈奈會合。

「是什麼呢？」

瑪那很想知道關於那個房間和在裡面發生的種種究竟是怎麼回事。她努力回想那不怎麼愉快的經驗，回想身體內部在看不見的位置被觸摸的感受……。

詭異與噁心的感覺再次襲來，瑪那一陣哆嗦，將表皮和那滲入了裡毛內層的雨珠與寒意給甩落，也將腦海中紛雜的思緒給甩出，取而代之的是再次浮現的飢餓感。此時大夥站在細雨中等待人類處理毒電線的問題已經有幾個時辰了，這似乎是他們可以吃上長生草的唯一方式。至少那些「艾芙」是這麼說的：

這裡的牛，叫做艾芙。

這裡的人類，叫做主人。

離毒電線遠一點，因為那會使你螫傷或中毒。

所有的食物，包含長生草，是拜主人所賜，因為主人不會害怕毒電線。

主人每天會定時出現在牧場上，處理毒電線的問題。

「不過……那幾個人類，甚至是這群牛妹妹，真的可以相信嗎？」瑪那想：「畢竟他們連自己的名字都不記得，甚至不知道什麼是公牛。」

但瑪那又想起奈奈與這些牛妹妹們相互安慰的親密模樣。在那之後，奈奈時不時便會與牛妹妹們待在一起。瑪那決定暫時撇下這些疑慮，去奈奈那兒探一探，興許能得到一點關於長生草的消息，救救一旁連哭叫挨餓都快辦不到的阿吉。

瑪那小心翼翼地移動，不想濺起太多泥花。一方面是因為這裡沒有樹木可以讓她磨擦清潔自己的身體，另一方面是為了減少嗅覺的干擾。她得在這樣密集又數量龐大的牛群中，找到奈奈所在的位置。

「奈奈，找到你了。」

「瑪那，你還好嗎？還有阿吉，她是不是要餓瘋了？」奈奈關心道。

「已經快要連瘋的力氣也沒了。」瑪那苦笑一下。

貝克牧場誰不知道阿吉天生是個大食怪呢。

「那你呢奈奈？你和一些牛妹妹來這個草場早些，有聽說過這樣的事情嗎？」瑪那問。

「奈奈沒事。瑪那指的是什麼事情呀？」

「就是……人類真的會來嗎？」瑪那不安地轉了轉耳朵。

「唔，奈奈之前也這樣懷疑過。」奈奈回想道：「就是瑪那你和阿吉過來這裡的那一次，主人一直沒出現，奈奈等得好心急呢。但最後果然就如艾芙妹妹們說的，主人終究是會來的，還帶來了我的家人呢。」奈奈說著說著便笑了起來。

瑪那用略顯乾燥的舌頭溫柔地舔了舔奈奈的背，接著說：「那今天這麼晚，或許是有更多牛妹妹會過來也不一定。」

「喔！有可能呢……」奈奈回應後卻像是想起什麼事情般，小聲嘀咕起來：「那個搗亂的也會來嗎？」

瑪那愣了愣，「搗亂的」是指誰呢？牛還是人類？瑪那正想多問，牛群便躁動興奮起來，幾隻牛妹妹興高采烈地高喊。

「主人來了！」

「隆隆嘟隆隆……」

一近一遠、熟悉又帶點陌生，瑪那聽見兩輛四輪車低沉的轟鳴聲正往這裡緩緩駛來。聳起耳朵再仔細聆聽，果然在兩輛車間聽見了一些牛蹄踏在硬實土路的腳步聲。但聽上去似乎顯得有些不安和憤怒？與此同時，在圍欄內側餓得發慌的艾芙們，也因為聽見車聲而興奮地來回走動，泥花四濺的聲音讓瑪那無法再聽出更多的訊息。她繼續關注那兩輛車子，較近的一輛在距離不遠時突然加速駛來，並停在木圍欄的外側。一個人類跳下了車，憑著那股辛辣的氣味，瑪那認出這是那個每天都會來，名為麥區的人類。

麥區動作熟捻地打開木圍欄的門、跨過毒電線、越過一地泥水與飢餓的牛群，到達牧場內側阻隔了長生草的毒電線一頭。接著——瑪那知道接下來會發生什麼——

「咯啦咯啦，咯啦咯啦咯啦」

麥區的手中發出一種單調而固定的聲響。一個月來的經驗告訴瑪那，伴隨著這個聲響，毒電線就會消失不見。牛群於是開始往聲音的方向移動過去。

「多麼神奇的力量。」大夥讚嘆著。

瑪那原本混在艾芙群中，卻在不知不覺間變成了前頭帶領的牛，往草區移擴的方向走去。一如往常，她又看見不遠處還有另一條毒電線在那兒，擋住了其後廣闊的草場。

聞著毒電線另一頭的草香，瑪那加入了首批爭食長生草的行列。這裡的長生草雖然量少，而且沒有什麼機會依牛的健康狀況產生變化就已被大夥吃得精光，但比起貝克牧場那些年長的長生草，這裡的長生草可說是年輕氣盛。雖然春末的長生草本來就長得比較快，但瑪那記得在貝克牧場時，家人們在這個季節總是會到處漫遊尋找好吃的，他們三個小毛頭就一路玩耍著前進，有時跑得遠了，媽媽只好停下來等他們跟上。瑪那記得莫古叔叔特別挑食，寧願餓點也不想吃微微枯乾的長生草，所以他帶隊的時候，大夥都要走上特別長的路，到較少拜訪的山頭上覓食。

「莫古叔叔要是見了這麼幼美的長生草肯定會高興的吧。」瑪那一邊想著，一邊盯著鼻頭前的毒電線，「如果沒有這條掃興的線的話。」

她想念在草地上盡情玩耍奔跑的日常。

不久，另一台四輪車也壓在那群新來的牛身後到了草場邊。此時圍欄的門仍是開著的，入口那條只有人類才能跨越的毒電線，也不知何時不見了。惶惶不安的牛群就這樣一路毫無阻礙地跑進了瑪那他們所在的草區裡，加入了這群艾芙的行列。

車。

「呼，終於搞定了。那隻九九〇號可真夠嗆的。」

一個身材微胖、穿著深綠色連身工作服、留著落腮鬍的黃種男子跳下了

「一共四百頭艾芙，一邊各兩百隻。」他拉起帽子，朝另一個正在將入口處的電線捲輪重新拉起的男士揮了揮手，「麥區，布爾曼先生一共就收購了八十隻新來的，後面再沒有新的艾芙了吧？」

「是的，札里。」麥區回覆道：「這樣本季的奶牛就剛好是八百八十頭了，也是布爾曼先生估計的牧場最大容許值。」

麥區皮膚黝黑、蓄著整齊的長鬍，年紀看上去比札里稍大，一臉不苟言笑。他穿著亮藍色的工作服，外面罩著一件有年頭的皮革背心。重新安裝好電軸後，他一邊調整白色布巾包成的帽子，一邊走到札里的旁邊說：「不過我們還有個問題。」

麥區抬手指向草區那邊正在吃草的牛群，「你看見那隻長角的艾芙了嗎？」

「你說上個月來的那隻？我知道，角特別長肯定是混血品種。」札里接著

說：「可是啊，我看她性格溫和，也沒什麼攻擊性。」

一邊說著，札里一邊將手往麥區的肩膀上搭，「要是我們拔掉她的角，害她感染然後死了，這樣布爾曼先生損失更大吧？」

麥區側身躲過札里的手，遠遠看著那隻牛，然後說：「是鋸不是拔，這件事情遲早也是要做的。」

「我可不是想拖延啊。」札里摸了摸臉，「我是想，你看她角明顯比其他牛都長，也許那些奶牛也要讓她三分呢？不如就訓練她讓她做猶大，我們不是也樂得輕鬆嗎？」

「什麼猶大，我們又不是賣羊肉的。擠牛乳而已沒殺生！」麥區突然提高了音調。

「嘿放輕鬆點，」札里連忙安撫道：「就是打個比方嘛，沒有冒犯你的意思。我只是說，比起管理一群牛，管理一隻領頭的多輕鬆啊？那角又好認，性格也溫和，沒事的啦。」

「我看你只是懶吧。」麥區甩了甩手。

「反正沒壞處，要是她鬥不過奶牛，我們到時候再去角也行啊。」札里滿不在乎地說。

「到時候你來？」

「行，我來就我來。」

2

「喂。」

一股陌生的酸臊泥土味從身側傳來，瑪那調整視線，看見一隻右半邊臉黑、左半邊臉白的牛有些氣喘吁吁地站在那，表情很難看。瑪那一征，停下吃草的動作抬起脖子朝向這隻牛。

「你是瑪那對吧？」對方開口。

「喔，你好。你是……碧西斯，是嗎？」瑪那認出這隻在艾芙間有點名氣的傢伙，但彼此之前並沒有過什麼交談。面對這張陌生的臭臉，瑪那擠出一張還算客氣的臉繼續說道：「聽說記住自己名字的艾芙不多，你是其中一個。請問有什麼事嗎？」

對方緊盯著瑪那的臉，但卻不作任何回應，也不湊上自己的鼻頭，反而擺出了一副警戒的姿態。臉上的表情雖然沒有什麼明顯的變化，尾巴卻緩緩地夾了起來——這非常不友善。

不明就裡地，對方開口便說：「你知道怎麼離開這裡嗎？」

瑪那沒有回話。她很想繼續吃她的草，不理會這個不怎麼禮貌的傢伙拋出的奇怪問題。但對方的氣味有點特別，這讓瑪那認出今天那一抹混在牛群中的憤怒，似乎就是來自這傢伙。看著那充滿敵意的模樣，瑪那猜想或許她剛剛和人類發生了什麼不太愉快的衝突，所以現在情緒才如此緊繃。瑪那好奇著發生了什麼事，或許會與那個奇怪的房間有關，而且她隱隱覺得，這隻艾芙似乎有點不同。

「先別急著說話，吃點草放鬆一下吧。」

瑪那左右看了看，想知道附近有沒有誰是這位臭臉傢伙的朋友，能夠來安撫一下她的情緒，卻發現艾芙們紛紛表現出忙碌於吃草的模樣，默默退了開來。瑪那這才想起奈奈剛才所說的話，原來那個「搗亂的」，就是這個傢伙吧，艾芙們口中「不受歡迎的碧西斯」。瑪那能夠理解，畢竟牛都喜歡和平、與世無爭的日子，誰的情緒要是激動起來，大夥都會急著想要去安撫，就像瑪那現在想做的一樣。

瑪那慢慢走到碧西斯身邊，小心地想舔舔碧西斯的肩膀，但還沒碰著呢，碧西斯卻像是碰了毒電線一般，一下子甩開了瑪那。

「別碰我！我再也受不了這種看似平靜的生活了！」碧西斯的聲音渾厚響亮，比阿吉的媽媽吉娜再低沉一點。她腦袋低垂，身體正發著顫。

「被追去那麼奇怪的房間、做那麼奇怪的事情，你們為什麼都不生氣！為什麼只有我覺得這麼不舒服呢！尤其是你！身為一隻有角的牛，為什麼不帶領大夥！你不知道對吧？你不知道要怎麼出去，你跟大夥一樣什麼都不知道！」

她胡亂撒了一通氣，氣喘吁吁地瞪著瑪那頭上的角繼續說：「要是我碧西斯有你這樣好的角，一定有辦法可以離開的！」

善意就這樣被一隻牛甩開，這種事情瑪那可是第一次遇見。在貝克牧場裡，她是倍受疼愛的小牛，在新的牧場裡，大夥也因為她的角敬她三分，凡事都先注意她的舉動。瑪那雖然喜歡被友善對待，但同時也因為自己的特殊感到困擾。在瑪那心裡，她不過是一隻普普通通的牛罷了。此刻碧西斯將大夥對瑪那這種隱微的區別對待，清清楚楚地說了出來，瑪那以為自己會覺得很不舒服、會馬上掉頭離開，但是瑪那卻莫名地被碧西斯的直率所吸引了。而且碧西斯不僅提到了怪房間，還提到了其他更加讓瑪那感興趣的事情。

瑪那留在原地，等待這股尖銳的酸臊味漸散後才再次開口：「碧西斯……能告訴我嗎？離開是什麼意思，你為什麼想要這麼做？」

見瑪那沒有不高興，反而一臉好奇的表情，碧西斯心裡升起一股異樣的情緒。她意會到瑪那雖然有一對她從沒見過的、漂亮的角，卻沒有與之相符的氣焰，和那些愛好和平的艾芙們相差無幾。瑪那並不是她所期待的帶領者。碧西斯覺得很失望，她嘆了一口氣，背過身去吃草，憤怒的情緒漸漸轉為難過與沮喪。

正當瑪那以為碧西斯不想理她、準備要走開時，一個悶悶的聲音傳了過來。

「我不知道。我沒有離開過。我只知道我必須離開。」

瑪那以為碧西斯會繼續說下去。她安靜地看碧西斯吃了一會兒長生草，才發現後面似乎已經沒有了。瑪那於是接著問：「你要離開到哪？」

「到一個不是這裡的地方。」

「這裡是指布蘭曼朵莉牧場嗎？」

碧西斯將頭頂對準了不遠處的毒電線，一副隨時要攻擊的模樣。

「不只是布爾曼朵莉，我是從別的牧場來的，所有的地方都讓我渾身不對勁。」她抬了抬眼，看向瑪那，「你就沒想過離開嗎？」

「沒有。」

瑪那的回答很簡短，像是不再對這樣的對話感興趣。碧西斯垂下眼簾。這種事情她再習慣不過了，過去也從沒有誰懂得她的渴望。甚至她自己也不明白，這種不對勁的感覺是從何而來。

數個月前，碧西斯和幾個同伴從鄰近這裡的一個牧場過來。那牧場與這裡並沒有什麼不同，生活中充滿了毒電線與草區移擴。要說碧西斯與其他艾芙有什麼不同，僅是她清楚記得自己的媽媽。即使碧西斯出生時，也只和媽媽相處了一個晚上的時間，但她還記得媽媽的味道和一點點媽媽曾經說過的隻字片語。

「我親愛的孩子，你得離開這裡。」她記得媽媽這樣對她說，

「到別的地方去。」

就像名字一樣牢固。媽媽用她溫熱的舌頭，將這幾句話細密地與碧西斯的生命連繫在一起，即使骨肉分離都斷不開。碧西斯記得自己的媽媽，這是多少艾芙羨慕不已的事情，可是這卻讓碧西斯過得很辛苦。她曾經想過，自己總是看不慣同伴們的溫良友善，總是沒來由地覺得憤怒，總是自己孤孤單單的，都是因為自己記得媽媽、記得那幾句當時聽不懂的話。

艾芙們喜歡安穩的生活，碧西斯渴望改變這樣的生活；艾芙們極少憤怒生氣，碧西斯總是看什麼都不順眼；艾芙們溫柔體恤、逆來順受，碧西斯直來直往、固執己見。她就是覺得有一個不是這裡的地方，能讓她覺得舒服一點。而在那個地方，有那個害她變得如此與眾不同、變得如此孤單的，她的媽媽。

碧西斯聽見一個聲音說：「我想和我的家人待在一起。」

碧西斯抬起頭來，看見瑪那還站在原處望著她。

「我沒有想過可以離開。可是我想和家人待在一起，在那個貝克牧場裡。」顏色相異的一對耳朵微微上下搖晃起來，碧西斯難得露出了點放鬆的表情。

「多告訴我一點吧，關於你的家人和貝克牧場的事情。」

瑪那和碧西斯在新擴草區一下子被大夥吃得精光的地上坐下來休息。一邊聊著，一邊不緊不慢地將剛剛吞下去的草根嗝到口腔裡和唾液混合，仔仔細細地品味起來。這裡的長生草，有股類似浸濕了雨水的石頭，曬過太陽後的那種鹹味，但是更加複雜艱澀，瑪那覺得是種適合成熟大牛的氣味。碧西斯倒是沒嚐出有什麼不同。

當碧西斯和瑪那說話的時候，並不會像其他艾芙那樣，總顯露出一種以下對上的客氣。瑪那很高興，很快就與碧西斯成為朋友暢談起來。他們從貝克牧場的家人、花草、泥土氣味，一路聊到了那些羊和那場怪病。

「羊死了那麼多？」碧西斯驚呼道：「我待過的那裡只有幾隻羊，總是離得很遠，我還從來沒有跟他們說過話呢。」然後又接著問：「那你的家人呢？都沒事嗎？」

「多虧了梅多瑪保佑，那場怪病沒有傳染到大牛。只是在那之後，原本天天都會到牧場來的貝克先生就不來了。有一天他的小兒子貝恩和幾個人過來，讓叔叔、阿姨還有媽媽都走進一個金屬房子裡，被車子拉走了。接著便是我、阿吉和奈奈。我一直想著他們會不會就在附近呢。」

瑪那說完，吸吸鼻子、抬高耳朵，再次試著捕捉空氣裡任何一點其他家人的消息。但碧西斯是個急性子，等了沒半晌就打斷瑪那的專注。

「你剛剛說梅多瑪的保佑？那是什麼？」

「咦？你不知道梅多瑪嗎？」

瑪那頓了頓，想著原來連梅多瑪的故事也只屬於貝克牧場，而不是所有的牛，她覺得沮喪又震驚。瑪那望著布爾曼朵莉牧場裡，比她整個家庭的牛數還要多得多的艾芙們，開始搞不清楚奇怪的究竟是這些艾芙們，或著是她了。想到要跟一群角只有露水點大的艾芙們說，自己相信牛角是翅膀變成的，瑪那突然覺得有點緊張。

「就是我們那邊的一個……說法，是……」她一邊猶豫著不說，一邊又想分享她最喜歡的這個故事，最終只講了這麼一句：「我們牛最開始，都是從一個叫斐勒麥梅多瑪的地方來的。」

「斐勒麥梅多瑪……」

碧西斯重複默唸著，覺得似乎在哪邊聽過，或著是夜夢中媽媽揮之不去的幻影曾提起過。她望著瑪那，原本放鬆的耳朵漸漸拉成了一條橫線。

「給我多說點這個吧？」碧西斯說。

「真的想聽？」

瑪那高興得翹起尾梢。以往她總是爺爺的聽眾，這是她第一次要說給誰聽。

「那你可要仔細聽喔。」

瑪那安靜下來，閉上眼睛默想爺爺說故事時的樣子，宛如唱一首微風的歌謠，向碧西斯悠悠傳頌起梅多瑪的故事。當故事說完，瑪那睜開眼睛，漸散的雲層露出夕陽的影子，正垂落在牧場的邊緣。

「看啊，碧西斯。」瑪那望著暮色天邊，「那邊那個地方就是梅多瑪了！」

語畢，一隻飛鳥掠過她倆的頭頂，掠過了毒電線與牧場，往夕陽的方向很快地不見了蹤影。碧西斯望著飛鳥消失不見的地方，久久沒有移開視線。

「像鳥一樣自由自在……」

碧西斯說完這句話便沉默了很久，與瑪那的對話也變得心不在焉。一直到星光點點浮現，天色都黑了下來。

「謝謝你瑪那，」碧西斯仍看著遠方，「我知道媽媽要我去的地方是哪裡了。」

望著那一對高高豎起、顏色相異的耳朵，與獨自沐浴在月光下的孤單背影，此刻的瑪那還未懂得，碧西斯離開前最後留下的那句話，往後還會在她的夢中想起很多、很多遍：

「一個自由的地方。」

3

隔日早晨，天才亮，瑪那就給耳朵上一團軟濡濕黏的觸感和熟悉的氣味給弄醒。

「阿吉……」瑪那閉著眼都能認出來。

「嘿，瑪那，你醒啦！」阿吉聲音歡快，「有幾根草屑沾著你的耳朵呢，甜的！」

她懶懶地回應阿吉：「真有這麼餓？奈奈呢？她有吃飽嗎？」

「有的吧，她又不像我這無底洞似的。」

瑪那笑了出來，睡意全給笑開了。她用尾巴拍拍阿吉的後腿問：「昨晚怎麼沒見你呢？」

「我和奈奈一起呢！嘿，瑪那，昨晚那位是你的新朋友嗎？」阿吉輕巧地沒有提到碧西斯的名字，「改天你介紹給大夥認識熟悉一下吧！」

瑪那認為這是個很不錯的提議。

「嘿，我跟你說件有趣的事。」

「怎麼了？」

聽阿吉壓低了聲音，瑪那笑笑。原來阿吉一大早來找自己，就是為了件趣事。

「奈奈她啊，說肚子裡有東西。我就說，是啊終於有點長生草可吃了。奈奈又說，她感覺到這東西已經有幾天，好像生了根似的一直在那。我就說，真的嘛，肚子裡的長生草要是生了根和地上的長生草一樣，會自個兒長大該多好。」

阿吉一開始還沒個正經模樣，嘻皮笑臉地卻不知怎麼越說越小聲，像是要講一個天大的祕密似的。隨著阿吉的聲音漸漸淡成了早晨細碎的冷風，對話內容也漸漸變得詭譎起來。

「然後奈奈就要我先別到處說，說這好像不是長生草呀，和吃下什麼東西不太一樣。我就問她那是怎麼了，是鬧肚子嗎？你也知道奈奈小時候總是病懨懨的。她就說她太熟悉什麼是鬧肚子了，感覺不一樣，是一種……」

「這事是不是有趣極了，我阿吉還沒遇過這麼古怪的事呢。」

當瑪那越是努力要聽個仔細，越是感覺一根根汗毛都豎了起來，分不清究竟是風吹的，還是這玩笑話涼的。

「阿吉，你和奈奈開玩笑的吧？這不可能呀。」

瑪那甩了甩尾巴，一臉不置可否，但她那瞪出了眼眶、甚至碰著了睫毛的眼睛，已經洩漏她內心受到的衝擊。

即使瑪那自己不曾經驗過，但她好歹也聽媽媽和阿姨們談起過。她甚至想起幼時的夏天，她曾遠遠看見貝克先生帶來一隻英俊的遷父和吉娜阿姨辦了那檔事。那時她不懂，但後來也就明白了什麼是交合，以及交合之後的事情。

在這之後的幾週裡，她惶惶不安地感受到自己的身體產生了類似的變化。瑪那怎麼也不能明白，為什麼換了一個牧場就換了一個世界。在這裡，所有她曾經以為自己知道的一切都變得陌生。而數個月後，她和奈奈、阿吉，以及這許許多多的牛妹妹們都不得不承認，他們肚子裡確實有東西，一個生命。

他們懷孕了。

自由和羈絆

自由像是一種年幼的幻想，

是寂寞，是無聊，

是渴望特立獨行的藉口。

1

季節更迭，時間持續積累成蹄子的厚度，肚子裡的小生命也越滾越大。在布爾曼朵莉牧場裡，艾芙們一天當中有越來越多的時間花在吃東西上頭。太陽昇起後，大夥就看著天空發呆，討論陽光與風今天的角度，看著鳥兒和昆蟲們來來去去，偶爾咬咬隔壁同伴的耳朵、替彼此搔癢，略感焦急地等待中午主人開啟新的草區。草區隨著每天一條毒電線的消失會逐漸變大，但過了幾天又總會出現另一條毒電線將範圍縮小。好在食物與水源總是不至匱乏，艾芙們也早已習慣這種小範圍移居的生活。分食完今天的長生草再補點又香又膩的種籽粉，就完成大夥當日唯一一件掛心的事情，於是接下來的午後時光，往往是艾芙們最愜意舒適的時候。

雨季過去，被啃過的草地露出底層的土壤，曬過陽光後的微溫軟潤，最適合躲藏瞌睡的小蟲。側身臥下能感覺到小草根們在毛皮上細碎地搔癢，磨蹭著肚皮別有一種隱微的舒爽勁兒。大夥各自找理想的位置窩下，慢條斯理地打著嗝，一點一點將草梗們重新混合著唾液品嚐，分享彼此的評價，討論今天的草味是多了那麼點鹹或是甜，哪種尋常的野花在哪個季節時嚐起來特別鮮美。

如果當天太陽小了點，大夥就靠得近些，如果日光強，曬得昏，就起身到小水池邊排隊喝水。喝水時，總能聽見池底有聲音在嗡嗡悶響，嚐起來有股粉粉的苦味，像是加進了不少極細小的砂礫。還好這些砂礫就如種籽粉般，不磨喉嚨也不沾舌頭，一樣可算得上是清涼解渴。不過若要找最甜的，還是清晨與傍晚太陽來去時，那些重新將草根濕潤起來的小水珠們。

待艾芙們挨個潤過了喉嚨，便又聚在一起話家常，也有的累了就打個盹。打盹時，肚子總感覺大得特別快。懷了孩子以後，艾芙們就過著這樣什麼也不煩惱的小日子，將一心一意都投注在孕育新生命的喜悅與安寧之中。

瑪那也不例外。

秋末冬初的風帶來陣陣寒意，但瑪那的心頭卻很暖，因為這些天肚子裡的小傢伙開始跟她打招呼了，腹中輕微的搗鼓帶給她甜蜜的幸福感與美好想像。孩子漸漸大起來以後，當初究竟是怎麼懷上的，如今顯得不再重要。她經常和奈奈討論身體又產生了哪些變化，寶寶在肚子裡看不見，又該怎麼照顧才好。奈奈的孩子大得特別快，又總是先一步察覺到孕期的各種狀況，艾芙們都將她視為孕媽媽的典範，時常被一群艾芙圍在中間侃侃而談。

此時她正分享著孕期奧妙的睡眠姿勢，大夥都十分感佩奈奈的心細與敏感。然而牧場上卻有一隻母牛，不合群地自個兒在草區的另一頭嚼草——不受歡迎的碧西斯。雖然自從瑪那將碧西斯「介紹」給大夥後，有一度艾芙們也與碧西斯相處得還可以，但隨著大夥的肚子越來越大，碧西斯又回到了獨來獨往的生活。因為，她是唯一一隻肚子沒有變大的牛。

她沒有懷上孩子。

瑪那替碧西斯可惜那與大夥和睦相處的時光。她曾經問碧西斯，會不會想和大夥一樣懷上孩子，便能加入其他艾芙一起討論媽媽經。但碧西斯卻不以為然。

「在還沒有自由以前，沒有孩子才是最好的。」

聽到這句話瑪那心裡一陣難受。過去瑪那覺得碧西斯很特別，她從沒有遇過這樣直率而獨立的牛。但自從懷上孩子後，瑪那為身體裡孕育著一個生命不由自主地感到歡欣，總覺得自己變得成熟了，懂得承擔某些責任了，正在成為一隻大牛。而碧西斯卻說，為了她的追尋，沒有孩子最好。

在她看來，碧西斯渴望的自由像是一種年幼的幻想，是寂寞，是無聊，是渴望特立獨行的藉口。

瑪那雖然並不討厭碧西斯，甚至有意與她親近。但在孕育孩子這件事情上，彼此話不投機、意見相左，不知不覺也漸行漸遠了起來。

「可憐的碧西斯。」瑪那遠遠望著碧西斯的背影難過地想。

這天札里開著四輪車抵達外草場後，看見牧場主人布爾曼先生正從草場的一頭往艾芙們走去。札里想裝作專心於工作的模樣，好把握他短暫的中午休息時段。可惜事與願違，布爾曼先生很快喊了他的名字。

「札里！帶上你的本子！」

布爾曼先生是個大嗓門，平時不管事，但管起來總是雷厲風行。札里嘆了口氣，拉拉頭頂上保暖的兔毛帽，心裡羨慕起這回沒被叫上的麥區。

「札里！」

布爾曼先生又喊了。札里只得認命開著四輪車過去，下車跑到布爾曼先生那兒。

「先生您來啦，有什麼事要我幫忙嗎？」

「記下我說的這幾個號碼，七九六、八五二、八四一……」

高大的布爾曼先生一邊大步在兩百頭驚慌走動的艾芙間巡視，一邊唸出幾個號碼。札里趕忙脫下保暖防風的厚手套，抽出外套口袋中的筆記本，雜亂地寫下這些號碼。一連寫了二十幾個號碼後，布爾曼先生才開口解釋。

「這些是待產的艾芙，你和麥區明天轉移到牧場內，在第二區隔一個新的地方給他們，然後——」

札里的手正擱在筆記本上給「數字二」打圈做標記，眼角瞧見布爾曼先生轉了個身後，動作卻停了下來，聲音也嘎然而止。札里抬頭順著布爾曼先生的方向看去，一頭頂著長角的艾芙正豎著耳朵站在那，戒備地盯著布爾曼先生看。

札里一驚，他差點就把這碴給忘了。現在可好，麥區不在這，布爾曼先生要是生起氣來，全都要撒在他身上了。

「那角真漂亮，是吧札里。」布爾曼先生開口：「好幾個月前我就在想，這麼漂亮的角，怎麼我連個口頭報告都沒收到？」

札里握緊了筆桿，小心控制讓自己的聲音聽起來自然，「喔？您沒收到報告嗎？我八個月前就問過麥區這事了，他說等您的決定，我以為他已經跟您報告過了呀？」

「我要聽的不是藉口！」布爾曼先生用力擺擺手。

他思量了沒一會後說：「也罷！等她生完到工廠時再弄吧。」接著又說：「等會兒你再檢查一次這裡還有沒有其他要轉移的艾芙，現在先跟我去另一群艾芙那邊。」

沒了午休的札里，一張圓臉憋屈得像早餐吃下的玉米煎餅，悶悶地跨上四輪車跟布爾曼先生離開。

2

一連兩天，艾芙們很久沒有經驗到這種程度的騷動了。先是那個有著危險氣味、大嗓門的高大人類，再是麥區與札里反常的舉動。大夥一邊抬高了耳朵保持警戒，一邊快速地吞咬著今天的長生草。

「嘿瑪那，不好了！」

瑪那一邊眼觀八方，一邊大口咬著草。身旁的阿吉突然出聲驚呼。

「我看到了……」瑪那立即回應道。

她抬起頭，將視野集中往麥區的方向看去，只見麥區一直追在奈奈的身後，逼得她在牛群間鑽進又鑽出，不斷躲避著，最後通過角落裡一個原本應該有毒電線的地方，走向另一邊的草區。奈奈驚慌的情緒傳了過來，整個草區裡瀰漫著惶惶不安的氣息，大夥都心神不寧，本能地藉由大口吃草來撫慰對未知產生的焦慮。即使面對最親密的妹妹，瑪那、阿吉也和其他艾芙一樣，什麼也做不了。只能默默看著麥區和札里照著剛才的方法，將一隻又一隻的艾芙妹妹追到另一邊的草區。

「他們要做什麼？」阿吉一邊問，一邊又使勁咬下一大朵草根。

「不知道……」

瑪那心怦怦跳個不停，躲在小水池邊上低頭猛喝水，一邊緊盯著札里與麥區。就見他們跳上了四輪車，將奈奈和艾芙妹妹們一前一後夾在兩輛車之間，逼著他們走到圍欄外的土路上，慢慢地越走越遠了。

瀰漫於草區的不安氣息被一陣風吹淡，緊繃的情緒也漸漸平靜，瑪那嘆出一口氣緩了緩呼吸，卻看見眼前出現一道白色的霧氣。她定了定神，又喝了一口水，才確定在這漸寒的冬日裡，水喝起來竟像春日暖陽照過那般溫暖。

正當瑪那有一口沒一口地喝著水，回想剛才發生的事情時，突然一股比剛才還要濃烈的情緒，衝破平穩的氣流傳了過來。瑪那一陣顫慄。她倏地抬起頭，望著遠處瞪大了眼，生硬地將口腔內未喝完的水給嚥下，喉頭滾動得生疼。

此時一隻牛倒在了遠處，屢次起身皆被什麼東西阻擋似的起不了身，在成泥的地上掙扎著。幾隻艾芙們驚惶失措地遠遠看著，個個都嚇得縮起了尾巴。瑪那認出那倒在地上的是碧西斯。

「碧西斯！」

瑪那倒抽一口氣，趕了過去。就見碧西斯在草區角落的一條毒電線底下，四腿朝外不停踢踏著、顫抖著，嘴一開一闔喘著粗氣，舌頭更是吐出了一大截。她望著瑪那的眼睛鼓漲翻白，簡直不像是一隻牛該有的眼睛。

「碧……碧西斯……」

瑪那嚇壞了。她呆立在那，努動嘴角想要多說一點什麼，卻顫得再也說不出一個字。看著碧西斯在泥裡掙扎，一幅隱藏了許久的恐懼畫面逐漸浮出，瑪那彷彿看到了那一隻接著一隻吐出血沫死亡的羊、聞到了土壤溢出絲絲死亡之氣，一雙銳利的眼睛乘著翅膀從地底竄出，黑色的影子在軟弱的她面前猖狂地張牙舞爪，帶走了家所有的一切。

「瑪……那……」碧西斯大口喘著氣，聲音卻仍清晰而有力：「幫……幫我。」

碧西斯奮力扭動著脖子妄圖起身，又一次次在觸碰到毒電線時吃痛倒下。她拼命在濕滑的地上扭動，也在過程中微微地使身體轉了個方向。

瑪那聽見自己的聲音說：「還不到結束的時候！快點幫幫她呀，你可是碧西斯的朋友！」

一段兒時往事閃過瑪那的腦海——虛弱的米奈阿姨靜靜臥在地上喘息，脖子歪向了一邊。才出生幾天的奈奈在一旁轉來轉去、焦慮地哞叫著，媽媽不斷舔舐米奈阿姨的臉頰、耳朵、背脊，然後——瑪那不再猶豫，逕自走至碧西斯癱軟的尾巴旁，前膝彎曲俯身靠近地面。她側著拉長自己的脖子，越過毒電線的下緣，又將額頭抵在碧西斯的屁股上，昂起肩膀、繃緊前胸，憋著氣用力地往前頂。碧西斯也趁勢再次扭動起來，將脖子拼命往草區內的方向摺。她後腿一蹬、騰起小半個身子，再配合瑪那給予的外力與濕滑的泥土，終於滑出了毒電線的範圍。碧西斯用盡最後的力氣奮力一昂，順利地站了起來。

「呼……碧西斯，你還好嗎？」

碧西斯扭了扭耳朵做為回應。眼裡的驚恐還未散去，她往草區內又走了幾步，深怕一個站不穩又落在毒電線底下。

「謝謝你……」碧西斯垮著一張臉說道。劫後餘生使她現在沒有多餘的力氣去展現內心由衷的感謝。

「你沒事就好，先好好休息一下。」

雖然碧西斯渾身泥濘，沾上了不少大夥的穢物，但此時還有誰在乎這個。瑪那將側臉輕輕貼在碧西斯的面頰上，溫柔地在一旁安慰她。那些過去曾經有過的不愉快，此刻都被放下了。瑪那就這樣一直守在碧西斯的身邊，直到她回神。恢復些後，碧西斯簡單地清理了自己，回蹭瑪那的臉龐，再次表達了她真切的謝意：「謝謝你，瑪那。」

「剛才是怎麼回事？」瑪那問：「你怎麼會跑到毒電線底下了？」

「因為有很多艾芙從那裡到了另一邊……」碧西斯垂下了雙眼，很不好意思地解釋著：「我以為那裡的毒電線或許有什麼問題，可以過得去。」

「你說的對，我也是這樣看見的。」

聽碧西斯這麼說，瑪那才想起剛才碧西斯倒下的地方，正是麥區和札里追著奈奈和艾芙們走到另一邊的那個角落。大夥走得驚惶失措，怪不得會特別泥濘。也或許正是因為如此，碧西斯才有幸逃過一劫。

瑪那嘀咕道：「怎麼毒電線像癢癢蟲一樣，飛一飛還會不見的嗎？」

聽到這個說法，碧西斯愣了愣。

「我從沒這樣想過，毒電線也有不見的時候嗎？」她一邊思考著一邊說道：「會不會是像日昇日落，或著像月娘那樣，每隔一段時間就不見？」

「也可能是像睡草那樣，舔一舔就會睡著了？」

瑪那與碧西斯都覺得這件事情別有玄機，一來一往地討論起來。在這無聊的草場裡，關於毒電線的神出鬼沒，算得上是一個十分新穎的話題。凡是路過的都會有興趣停下來聽一聽，不知不覺中，她倆已經被艾芙們給包圍。

「會不會是那時奈奈做了什麼？」一個艾芙提出她的構想：「譬如她剛吃下一捲大白花？」

奈奈當時是第一個被麥區追著走出牧場的，如果能夠問她，或許就能解開毒電線的祕密。但現在奈奈已經不知去向，瑪那想著想著便又憂慮起來。

「不知道奈奈他們到哪裡了……」瑪那嘆道。

「瑪那……」

「他們會沒事的。」

「可能幾天後就又回來了。」

「你再仔細聞聞，或許他們就在附近呢。」

「剛才那麼可怕你們都能平安挺過了，他們也一定會平安的。」

全草場的艾芙都知道瑪那、阿吉和奈奈是一家人，一牛一句地好言安慰起來。再加上瑪那剛才的英勇事蹟，以及她頭上那對美麗的角，使得大夥都更加欽佩她。這樣從毒電線底下險境生還的事，艾芙們可從沒聽說過，連帶著將碧西斯也一併喜歡上了。方才碧西斯靠在瑪那身上，那精疲力竭的脆弱模樣，突然使碧西斯看上去親切許多。原來碧西斯也和他們一樣，都是需要同伴的。艾芙們於是大起膽子向碧西斯搭話。。

那天下午，大夥與碧西斯久違地聚在一起聊天至日落，那和樂融融的模樣，讓瑪那想起還沒有誰挺著肚子的那段日子。可那段日子裡也不只有溫馨愉快，肚子不知為何逐漸隆起的不安，與那初來牧場時怎麼也無法融入的詭譎感受，現在竟然都已漸漸淡忘。若不是因為阿吉的熱情與樂天、奈奈對懷孕的欣然接受、艾芙妹妹們的友善，以及肚子裡切切實實存在的小生命，瑪那覺得自己可能會和碧西斯一樣，抗拒在這裡的生活。

「我想和家人待在一起，在那個貝克牧場裡。」

瑪那感受著微微的胎動，回想當時與碧西斯說的那個心願，如今也沒有改變，但似乎又有什麼變得不同了。

今夜很冷，看著團團窩在一起取暖酣睡的艾芙們，瑪那突然很想念貝克牧場那些不知去向的家人們。瑪那抖落入夜後凝上毛皮的一身濕寒，抬起頭在天空中找尋故鄉梅多瑪，可是月娘卻不知道跑到哪裡去了。

在睡夢中，瑪那依稀聽見了兒時經常唱的那首歌。

「咩呦～咩夸嘿～呦夸～」

3

隔日清晨，被罩在層層雲朵之後的太陽看起來格外遙遠。瑪那睡得並不好，哆嗦著起床想撒泡尿再回來補睡個飽。她迷迷糊糊地起身，到相距幾米外的地方洩了個乾淨，被風一吹便起了整身汗毛疙瘩。瑪那想起那古怪的水池不曉得是否還溫熱，便又朝著水池的方向去了。

喝完水暖過了身子，瑪那瞇著眼回頭往仍在安睡的大夥走去，才走了一半，一陣奇怪的拍打聲與稚嫩的鳴叫聲在不遠處響起。

「啾！嘰啾啾！」

瑪那模模糊糊地往聲音的方向瞟去，見一隻鳥兒正停在種籽粉的小車上，撲撲地拍著翅膀卻沒有飛走。瑪那頓了頓才轉頭定睛看，是一隻幼小的啾兒雀。

「啾！嘰啾啾！」

啾兒雀看著瑪那，又一次叫了起來，似乎是希望瑪那過去。瑪那雖然從小就挺喜歡飛鳥，但在遇見了啄羊虹鳥之後，便對飛鳥產生一種複雜的情愫。她既喜歡看鳥在天空中展翅翱翔的模樣，又對於近距離接觸他們感到害怕。不過這種吵鬧又隨處可見的啾兒雀倒是不會對牛構成任何威脅。她狐疑地踱著步子走過去，啾兒雀便更是急急切切地叫了起來。在斷斷續續的叫聲中，瑪那似乎聽出了幾個字。

「啾救！……嘰啾救！」

此時瑪那已經走到種籽粉的小車邊上，她朝下看這啾兒雀一邊叫著一邊不斷拍動翅膀，卻怎麼也飛不起來的模樣。

「你會說牛語？你是受傷了嗎？」瑪那問。

鳥類非常擅長使用聲音溝通，通常都會不只一種族群的鳥語。在牧場上有時也會聽見他們模仿其他動物的聲音或隻字片語，但能流利至可以溝通，仍然需要花上不少時間與心思學習。

瑪那就曾經在貝克牧場的松樹林裡，遇過一隻會說牛語的鳥。

當時瑪那和阿吉總是天天到松樹林裡鬼混，叔叔阿姨們也不攔，只有媽媽會叮嚀幾句後便由著他們去浪。瑪那還記得那時甜水梅才剛要成熟，她和阿吉打算比拚誰能找到更多樹叢，就見一個細長的影子從隱密的樹影中一躍而下，穩穩地落在一處稍矮的枝幹上，通體色黑，只有那尖尖的嘴喙透出蒼白的光。瑪那認出那是一隻烏鴉。

「牛不吃草，來這做什麼？」

烏鴉居高臨下，瞇起幽深的小眼睛。他那怪異的牛語，聽上去像是牛鼻頭和舌頭都被冰凍的溪水給割破了。

瑪那緊張得拱起尾頭，瞪著對方表現出十足戒備的模樣。

阿吉卻十分自然地驚嘆道：「哇！鳥會說牛語！」還興奮地撞了瑪那一下。

戒備的姿態和緊張的氣氛被阿吉這麼一撞，一下子全沒了。搞得瑪那都懷疑起自己是不是反應過度，只得有氣無力地維持住那半調子的緊戒狀態。

「小鬼，你們來這做什麼？」烏鴉不為所動，重新提出了他的問題。

「你是烏鴉先生嗎？我們來這兒找甜水梅呢！」阿吉回應道。

「是指這個？」烏鴉先生用嘴喙比了比，他所停棲的枝幹下方正好是一叢甜水梅。

「我們在比賽誰可以找到更多的甜水梅樹叢！」

「喔，要不要比賽別的？」烏鴉先生說。

「什麼什麼？」阿吉高興地問道，耳朵輕輕地上下搖動著。

「比賽誰說的話更有趣。」

這下子瑪那也不禁好奇起來，將緊繃的情緒漸漸放下。那天直到傍晚的時間裡，烏鴉先生跟他們分享了許多別的牧場的故事，兩個不滿一歲的小毛頭聽到竟有牧場連一根長生草也沒有，牛羊也能長得肥滿，很快為這些新奇的見聞著迷。他們也毫無隱瞞地分享了貝克牧場的一些事，包含貝克先生、羊、草和牛。隔日阿吉和瑪那又趕往松樹林裡找烏鴉先生玩，但這一次烏鴉先生卻目露兇光，口氣冷冰冰地愛理不理。這捉摸不透的性格讓瑪那覺得掃興極了。

幾日後阿吉又來找她，還帶來了一筆他們與烏鴉之間的交易。

「用羊的死亡做為交換？」瑪那睜大眼睛看向阿吉，「這是什麼意思啊？」

「他說要是看見有羊快要死了，就到樹林裡找他。」阿吉卻仍是一副興高采烈的模樣，「做為回報，他會跟我們說更多新奇好玩的事情唷。」說完便又親親熱熱地湊過來，舔食瑪那吃到一半的草。

「可是他為什麼會想知道那個？」瑪那覺得有點不舒服，「我是說，羊死了跟他有什麼關係？」

「好奇吧？我們也很好奇別的牧場呀！」

阿吉快樂地繞著瑪那轉了一圈，用鼻樑推推瑪那的肩側，閃著一雙期待的眼睛說道：「嘿瑪那，一起去吧！去了就會知道了嘛！一定很好玩！」

那天清晨確實有一隻生了病的傻羊沒能在太陽昇起以前站起身來，瑪那倒也沒覺得這有什麼不能說，於是便跟著阿吉去了。阿吉很快認出烏鴉巢穴所在的地方，是一棵位置不起眼但是枝枒特別茂密的松樹。

「烏～鴉～先～生～嘿～」阿吉大聲喊道。

瑪那看見一顆黑色的腦袋從巢穴中探了出來，兩顆黑洞洞的小眼睛，盯著她和阿吉咕溜轉了一圈後，竟啞啞啞地高聲叫了起來。瑪那心裡一驚，咬住阿吉的尾巴想勸她趕緊走，就見另一隻更大的烏鴉從上空飛了過來，收翼停在了同一棵松樹上。瑪那這才看清，那隻更大的烏鴉才是他們先前遇過的烏鴉先生。他往巢穴的方向溫柔地叫了一聲，巢裡較小的烏鴉便脖子一縮不見了蹤影。

「什麼事？」

烏鴉先生轉過身來俯視瑪那和阿吉，口氣冷淡無趣。

「烏鴉先生，我來聽好玩的事了！」

阿吉卻總能自顧自地繼續開心。

「有羊要死了？在哪？」烏鴉先生問。

「在小溪長生草最肥的地方往泥果菇……」阿吉正要回答，瑪那卻出聲打斷了她。

「烏鴉先生，你為什麼想知道這個？」

瑪那往前走了幾步，耳朵高高豎起，眼裡同時蘊藏著好奇與所剩無幾的戒備。

「小孩子不懂。」

烏鴉先生那雙黑洞洞的小眼睛眨也不眨，看不出任何情緒。但略慢了幾分的語速，還是顯露出一絲猶豫。

當阿吉用獨創的食物記憶法，東拼西湊地說著那隻病羊的位置時，瑪那開始觀察烏鴉先生的巢穴，試圖從松葉與枝條的縫隙看見裡面的樣子。但這個巢建造得相當密實，牛的眼睛也不擅長這麼精細的工作，瑪那僅能從外觀的大小，去猜測巢裡可以容納多少隻烏鴉。

「烏鴉先生也會有寶寶嗎？」瑪那想。

「好。那你們可有什麼特別想知道的？」

後來烏鴉先生跟他們說了一個，「只見牛進，不見牛出」的可怕牧場。她和阿吉邊聽邊發抖，又忍不住地想知道更多。

隔天，瑪那經過小溪想去喝水時，想起了那隻生病的羊。她刻意拐了個彎，來到羊倒臥的位置，想著如此見多識廣的烏鴉先生，說不定是要說服那隻迷信的羊站起身來呢。卻見那還沒斷氣的羊前腳微微抽動著，朝上的那隻眼睛，不見了。

瑪那好一陣子都不再去松樹林裡玩了。

「啾救！……嘰啾救！腳！」

眼前的啾兒雀又撲撲地拍著翅膀叫道。他的牛語顯然遠不如烏鴉先生那樣好，瑪那仔細聆聽，仍只勉強認出了幾個字。她於是放棄了與啾兒雀用言語溝通，至少她聽懂了個「腳」。瑪那湊近了些，開始觀察啾兒雀的腳，發現啾兒雀在拍翅時，那抓握在金屬邊緣的小爪子卻不自然地一動也沒動。

「怎麼回事？」

瑪那想再看清楚點，但啾兒雀很小，腳更小，牛可不擅於觀看這麼小的玩意兒。瑪那辛苦地想將雙眼的焦距對準那對小爪子，不知不覺愈湊愈近，將鼻子靠在了種籽粉的小車上。

「好冰！」

瑪那嚇了一跳，本能地立即彈開。但剛才出現在眼前的畫面似乎有什麼端倪。瑪那再次小心翼翼地慢慢靠近，這次有了心理準備，當鼻頭碰上金屬小車時，視焦正好也對到了鼻尖上方、那對可憐的小爪子上。

「啊，你被凍住了。」

原來啾兒雀的爪子此時被裹在了一層冰霜之中，怪不得動都動不了。看清後，瑪那笑盈盈的退開，慢條斯理地用溫熱的舌頭舔舔自己的冰鼻頭。

「想要我救你嗎？」

「啾救！嘰啾救！快！」啾兒雀激動地拍打著翅膀。

「那你可得先答應我一件事。」瑪那壞笑道。

啾兒雀停下拍翅的動作，歪著頭狐疑地看向瑪那。

「嘰啾救救？」

「我要你之後好好學習牛語，幫我找找我的家人在哪裡。」瑪那說。

「好啾好！啾救救！」

像是為了要表達自己的誠意，啾兒雀這次牛語說得清楚了點。瑪那滿意地抬抬下巴，這才捲起舌頭去舔啾兒雀的小爪子。一層困住小鳥的冰霜，很快在瑪那溫熱的舌頭底下融化了。

「謝啾！謝！」

啾兒雀馬上從小車的金屬框上跳下，鑽進滿車的種籽粉裡抖去一身的薄霜。他張著翅膀在乾燥的粉堆裡梳理凌亂的羽毛，又將整顆小腦袋埋了進去，舒坦地攤在這個浴池裡休息不肯離去。瑪那用鼻子對他噴了口氣，啾兒雀才不甘願地撲翅飛走。離開前，還不忘啣一口滿當的種籽粉。

「呵，這小傢伙肯定是想偷吃種籽粉才落到我這裡。」瑪那笑嗔了句：「簡直比阿吉還饞嘴。」

折騰了一晌，瑪那此時睡意全無，見大夥都漸漸起床了，她也低頭開始吃早飯。膩極的種籽粉在嘴裡化了開，瑪那腦海中浮現奈奈過去的叮囑——

「奈奈也不喜歡種籽粉，可是為了寶寶還是會多吃一點。」

「慢慢吃，一天分個幾次就不會肚子疼了。」

瑪那想起在貝克牧場的樹林裡，溫軟依靠在自己身上的奈奈。

「瑪那還要再帶奈奈一起去樹林裡找甜水梅喔！」

那天的約定至今沒有機會實現。而那個從小體弱多病、需要被細心照顧的妹妹，如今已經變成一個懂得照顧自己、還能幫助其他牛的雌性榜樣了。

「幫我找找我的家人在哪裡。」

瑪那真的不想再與任何一個家人分離了。

艾芙媽媽軍團

一絲朦朧的光線隨著風細微地搖動著，

像水中的倒影一般模糊不清。

1

瑪那送走啾兒雀後，朝著牛群走去，想和阿吉分享這清早的奇遇、聊聊兒時往事，也和她說說那溫熱的水池。阿吉過去一向健康強壯，所以不太懂得如何照顧自己，自從到了這個牧場便瘦了不少，還生了幾次病，好在並無大礙。眼看冬天就要來了，除了自身的禦寒以外，他們還得儲存能量給肚子裡快要出生的寶寶。要是寶寶能和她、阿吉和奈奈一樣，在春天誕生的話，或許可以省下不少氣力。

「哇……」

一陣歡欣的嘆息從草區隱蔽的角落傳來。瑪那抬頭看去，見到幾隻艾芙脫離了群體，正隔著一段距離圍著某隻艾芙。愉悅而有節制的笑談聲從圍聚的艾芙中傳出，親密而溫柔地此起彼落。瑪那好奇地走近了幾步，定睛一看，才發現，中間那隻艾芙腳邊臥著……一隻小牛！

瑪那又驚又喜！她在氛圍驅使下，謹慎且輕慢地走了過去。當她站好一個合適的位置往中間望去時，她突地停住了呼吸，馬上明白大夥為什麼不敢靠得太近——那寶寶是多麼纖細精巧哇！宛如一朵剛破土的雲絲小白菇一樣光滑細軟，嫩得能一碰就碎——瑪那和大夥一同發出了細小而歡喜的驚呼聲，此刻那寶寶正可愛地睜著朦朧的大眼往這邊望，那搖頭晃腦的模樣，好比甜水梅般汁蜜沁沁！

瑪那不遠不近地望著，見艾芙媽媽蒼白虛弱卻深情款款地低下頭去舔舐她的孩子，那泫然欲泣卻微笑著的模樣，是瑪那這輩子看過最美、最溫柔的表情。剛生下來的小牛溼漉漉地閃著光亮，看起來比瑪那想像中的還要小上許多。瑪那提醒自己千萬小心。牛的力氣可大了，抬個蹄子都可能不小心碰壞東西。眼下可是連一滴泥水，都捨不得給那白白淨淨的孩子沾上。

此時有越來越多艾芙注意到這邊，紛紛小心翼翼地靠了過來。艾芙媽媽心無旁騖，不斷地舔舐著懷裡的寶寶。從小牛兒又小又精緻的背脊、軟腹、脖頸，一直到那漸漸被舔得膨成一顆毛球兒的小腦袋瓜。她開始輕輕對小牛說話，一邊久久地親吻小牛的屁股，瑪那知道那一定是在給小牛的氣味起名字。

這個孩子會有名字！

瑪那感受到許多艾芙們內心的騷動。他們激動非常，卻又不願意打擾這麼安靜而美麗的畫面。這隱忍而複雜的喜悅之心，藉由空氣傳遞了過來，觸動了瑪那，觸動了每一隻圍在這裡的艾芙們。他們真真實實地感受到，生產是媽媽與孩子之間最深刻的彼此交付，是最親密同時也是最脆弱的發生。

「媽……媽媽！」

一聲稚嫩的呼喚，讓所有艾芙的心緒都沸騰了，喜悅的氣味一下子濃郁起來，瀰散到整個草區、整個草場，激起每個懷胎的媽媽心底裡，因孕育著一個生命而滋生的飽滿與富足。他們簡直沒有更快樂的時候了。

「太……太美了！」

一隻艾芙終於忍不住叫了出來，那溢於言表的情緒實在需要一個釋放的出口。於是第二隻、第三隻、第四隻，艾芙們歡呼著、高唱著，將這從沒有經驗過的滿腔感動，通通傾瀉而出。

「瞧她那四只小小的蹄子！多精緻呀！」

「還有短短的尾巴！」

「噢！那完美的小耳朵！」

「這真是我見過最美妙的事情了！」

「小可愛，歡迎來到這個世界！」

「寶寶要健康平安地長大唷！」

「啊，胎動了！我的寶寶也迫不及待想見到這孩子呢！」

大夥紛紛送上讚嘆與祝福，宣洩內心滿溢而出的愛。他們蓬著尾梢在草區裡不住跳躍、慶祝、歌唱，歡呼聲此起彼落，將今日頂上的烏雲、陽光稀少的草場，也染上一片燦爛的顏色。在布爾曼朵莉這日復一日、幾乎一成不變的生活中，這絕對是瑪那、阿吉，以及許許多多的艾芙們最美好的一天。

甚至，對碧西斯也是如此。

受限的草區、軟弱的艾芙、和平的生活和無法反抗的自己。在所有使她厭煩的溫柔假像中，碧西斯終於感覺有一件事情是美好卻不摻雜任何虛假的——一個新生命的到來。

即使是在這裡，在一個她從來不想待的地方。但為了守護這樣的純粹，她願意。碧西斯想起了媽媽，還有媽媽說的那些深深烙印在她腦海裡的話。

「孩子，你得離開這裡，到別的地方去。」

「不，我會讓她成為一隻自由又快樂的艾芙。」

碧西斯被自己的想法嚇了一跳。「自由」和「快樂」？過去她的生命裡從來都只有對離開、對自由的追尋呀，從來沒有想過……一絲的快樂。碧西斯突然發現，想要離開、想要自由的堅持，竟讓她失去了快樂。這一瞬間，碧西斯動搖了。

碧西斯為了這個孩子的誕生感動，但同時又感到失落，一顆心滿了又空、滿了又空。

然而碧西斯並不孤單。此刻所有艾芙們的歡欣與滿足、所有對未來的美好期盼，很快都變成了失落。

那天，札里帶走了這對草場上最美麗的存在，帶走了他們曇花一現的希望。

「不能再這樣下去了！」

這次，所有的艾芙都轉向了碧西斯。

「我們一定要離開這裡！」

2

「首先我們必須將孩子留在身邊。」

牧場上少數幾隻較年長的艾芙，站在碧西斯的身邊。他們表情嚴肅地對這群團團圍在一起的艾芙們呼籲，大夥也紛紛應和。

「不能讓孩子和我們一樣與媽媽分開！」

「沒錯，沒錯，不能讓他們把孩子帶走！」

「那個可憐的孩子……路都還走不穩……」

「是啊，那纖細的身子都快要碰散了……」

事情發生在小牛出生的幾個小時後。隨著札里的到來，艾芙們有說有笑地走到新移擴的草區吃草，卻在大夥各自專心於一日最重要的大事之時，聽見了艾芙媽媽驚慌的叫聲。

「不！等等，你要帶她去哪？我的孩子！」

只見早上剛臨盆的艾芙媽媽，朝開著四輪車的札里追了過去。車子後面不知怎地，多了一個無頂的透明小房子，小房子裡站著那隻純真而脆弱的小牛。小牛正因為車子行進的顛簸而歪歪倒倒，四條腿又細又小顫抖著，驚慌地嘗試站立與平衡。轉眼間，艾芙媽媽就追出了草區，緊跟著札里的車子遠去。

「可是，我們能怎麼辦呢？」

當這個問題被拋出來的時候，瑪那正想著那條再次消失並復出現的毒電線而發著愣，突然間感受到許多雙眼睛瞟向了自己，還有幾雙則瞟向了碧西斯。

瑪那沒說話，她看向碧西斯。

「嘿，碧西斯，你有什麼想法嗎？」阿吉開了口。

所有原本看著瑪那的眼睛於是都轉向了碧西斯。碧西斯愣了愣，不太習慣這樣受關注的場面，又隱隱感覺身體裡有股熱流在旋轉，燒得她的腦袋發燙。

碧西斯告訴自己要冷靜，她仔細地思考了一會，清了清喉嚨後開口。

「我想我們可以分成兩個部份來進行。第一個部份是保護小牛，第二個部份是找出毒電線消失的規律。我們可以依照各自擅長的事情，分成兩個團隊——寶寶保護軍團與毒電線軍團。」

碧西斯環視所有的艾芙，確認她擁有在場的每一道目光與注意力。

「我會加入毒電線軍團。要找出毒電線消失的規律，我需要觀察力好又勇敢的夥伴。至於保護小牛這件事情，請相信我和大夥都一樣震驚與難受……」

碧西斯接著收起哀傷，將頭揚起。在正午的陽光下，那一半白一半黑的臉龐，看起來是多麼有震懾力。她目光炯炯有神，充滿了所向披靡的自信。

「為了終結這個與自己的媽媽、與自己的孩子分離的傷心，為了不讓任何一個孩子遭遇到我們曾經歷過的失落，我們一定要成功！過去我們不能改變，但現在我們還有機會！我們要組成艾芙媽媽軍團，和孩子、和同伴，一起前往自由之地！」

「哞喔！哞喔~」

「碧西斯！碧西斯！碧西斯！」

「我們是艾芙媽媽軍團！我們保護孩子！」

現場歡聲雷動。碧西斯既精彩又激情的演說，感染了在場的所有艾芙。大夥都興奮地哞叫起來，忘情得一聲接著一聲，持續了許久。看見碧西斯被熱情地圍在中間，眉開眼笑，瑪那為碧西斯感到高興。瑪那試著擠上前頭想祝賀她，但碧西斯正和艾芙們蹭成一團高聲哞叫著，一點也沒有注意到瑪那。一時間，瑪那覺得這樣的碧西斯有點陌生。或許在碧西斯眼裡，自己不過是一隻艾芙罷了，一隻有角的艾芙。

當瑪那和碧西斯說上話時，已是隔日的早晨。難以捉摸的天氣，簡直就像毒電線似的。前一日明明正轉入寒冬，這天的陽光卻意外地好，稱得上是冬日裡難得的溫暖和煦。昨夜吃過一輪的草梗，在清晨融霜的滋潤下，竟又拉長了點。瑪那一早就跟著阿吉在草區裡兜圈子，輪流啃玩那些突增的青翠做遊戲。碧西斯就在此時急匆匆地走了過來。

「瑪那，你會加入毒電線軍團吧？你也對毒電線的事情很感興趣不是嗎？」

「我會不會更適合去保護小牛？」

瑪那像一隻地族鳥般，飛快地用牛嘴啄食，搶過了阿吉正低頭要去咬的一簇草梗，還發出得逞的聲音。

「呵哼，這次還是我比較快吧！」

瑪那的舌頭在牙齒上溜了一圈，得意地勾進幾根小草屑，像是在挑釁她的對手。

「嘿嘿嘿！」

阿吉被瑪那的動作逗樂了，姊妹倆一會像羊那般貼著地啃草，一會又像地族鳥般啄食，眉來眼去地笑鬧著。

「畢竟我是一隻有角的牛嘛。」瑪那又說了一句，但沒有看向碧西斯，維持著投入遊戲的模樣。

碧西斯愣了愣，似乎很意外瑪那給出的反應。

「嗯，你確實很適合。」她的口氣不慍不火，聽上去卻有些悲涼。「不過毒電線這邊的艾芙有點少……可能需要更多同伴的加入，才能在每個有毒電線的地方進行觀察，你……」

「咦？」瑪那終於回過頭說：「昨天不是有五十幾個艾芙說要加入你那邊嗎？」瑪那可是真疑惑了，「五十幾個還不夠？」

「不是……」碧西斯欲言又止，表情變得很難看。

「總之，請你先加入我這邊吧……」

碧西斯的語氣很客氣，差點就要說出「拜託」兩個字了。而碧西斯這個性子，整個草場就屬瑪那最熟了，她自然不難聽出碧西斯沒說出口的話。

她嘆了口氣道：「好吧，我知道了，我會幫你的。」接著又看向身邊還在找草梗的阿吉壞笑起來，「而且阿吉也會加入的。」

碧西斯馬上開始向瑪那解釋她的計畫。除了瑪那和阿吉，只有三個艾芙還願意配合。再加上她自己，也只有六個。碧西斯與瑪那討論，似乎每次毒電線出了狀況，或是突然消失，都是發生在四個角落上，所以角落需要特別觀察，由三隻艾芙與阿吉來駐守。而碧西斯與瑪那就辛苦點，各負責一邊的毒電線，來來回回地走著，觀察毒電線何時出現與消失。

瑪那與碧西斯一邊聊著，一邊沿著毒電線、沿著圍欄走了一圈。一路上許多艾芙都懶洋洋地躺在草地上曬肚子，讓寶寶也感受一下冬日的溫暖。陽光蒸騰過的泥香與草香充斥了整片草場，是大夥許久未聞的安定氣息。在這樣舒服的氛圍下，昨日發生的一切彷彿只是一場不愉快的夢境，忘了便好。

「隆隆嘟隆隆……」

熟悉的四輪車聲自遠方傳來，艾芙們紛紛起身準備迎接今日最重要的一件事。難得的好天氣，讓麥區的心情也顯得很不錯。他一邊吹著口哨一邊跨進了草區，從四個角落的其中一邊開始往另一個角落走，途中手裡一直「咯啦咯啦」，發出單調而固定的聲響。

「我們先過去吧。」

對艾芙們而言，咯啦聲就等同於食物，像呼吸一樣理所應當，連結至身體的內分泌反射。此時大夥的反應都相同，瑪那與碧西斯的口水也已經要滴淌下來了。待食飽饜足後，碧西斯才將與瑪那討論過的任務，分配給大家執行。

一連五天，他們沒有任何的新發現。天氣也似乎穩定下來，在每日寒暖夾雜的氣流中，慢慢走入真正的冬天。當肚子在風輕緩的吹撫下越漲越大，一切不愉快的事情都顯得無足輕重。掛念著保護小牛的艾芙們，也組成了數個以年長艾芙為首的寶寶保護軍團。日復一日的牧場生活中，還有什麼事情比生產更值得煩憂。

第六天，就在他們專注於吃飯的當間，一條新的毒電線又出現了。逐漸開放而漸漸變大的草區又再次縮小，宣告毒電線軍團的努力毫無成效。然而碧西斯也開始注意到，毒電線的出現與消失，似乎都是在他們忙碌於進食的時候。

「有誰看見這條毒電線是怎麼出現的嗎？」碧西斯向毒電線軍團的成員們問道。

「……」

「唉，」碧西斯嘆了一口氣，「我們應該要輪流去吃草才對。」

「不行不行，這樣就沒有得吃了！」

阿吉與三個艾芙聽了立刻反對起來，瑪那卻回想起碧西斯幾天前眉開眼笑的樣子，猶豫了會後說道：「我來吧，我可以晚點吃。」

隔天，碧西斯與瑪那一前一後輪流去進食。碧西斯沒有懷孕，所以她吃得少些也快些。草區一開放，她便囫圇吞進一些長生草，匆匆趕往瑪那所在的位置。

「怎麼樣？」碧西斯問。

此時瑪那站在一個背對圍欄的位置，運用牛三百三十度的視野，涵蓋兩側的毒電線和大半個草區。

「毒電線沒什麼特別的，」瑪那遲疑了一會接著說：「不過，札里好像有點古怪。」

碧西斯往札里的方向看，見札里在毒電線之外的草區快步走著，似是要穿越牧場。

「怎麼古怪了？」碧西斯不懂。

「他們手裡不是都會發出一種聲音，然後毒電線就神奇地消失了嗎？」瑪那試著解釋她感覺古怪的部份：「在發出聲音的時候，他手裡好像有什麼東西。」

「這我知道。那東西圓圓的，上頭連著毒電線。」碧西斯說。

「札里手上現在還拿著那個東西。」

「喔？」

碧西斯聽了才試著定睛去看，然而距離太遠實在看不清。

「有嗎？」

「我一直看著呢。」

牛的視野雖然很廣，但卻不容易對焦在某個特定的事物上。要不是這一次，瑪那由近至遠一直注意札里的舉動，她也從沒發現這件事。畢竟麥區和札里天天都會在草場上走動，如果他們氣味平靜又在一定的距離以外，並不會引起大夥特別的興趣。

「我去看看。」

那圓圓的東西，八成就是毒電線的殼，就像蝸類一樣，毒電線總是在遇上主人後，便會縮進殼裡。但主人拿著這些殼要做什麼，碧西斯從沒有想過。

「難道主人是以毒電線為食？」碧西斯想。

碧西斯走到新草區的邊緣，想看清札里在做些什麼。她跟著札里的步伐，沿著毒電線的一頭走向另一頭。此時仍有許多艾芙在這裡吃草，碧西斯專注於札里，一路打斷大夥進食的節奏卻渾然不覺。

天空中，一朵厚重的雲被吹了開來，光灑向地面，灑向札里所在的位置。一道極細微的光在札里的手中閃現了一瞬，就在這麼一瞬，碧西斯似乎看見那道一閃即逝的光亮一直延伸到草場的另一頭，並隨著札里前進的步伐在不斷加長。

「那是……」

碧西斯愣了一秒，那熟悉的閃光她似乎經常看到。她急急切切跟上札里的速度想看得更清楚。

「啊！好痛！」

「嘶……」

碧西斯急得撞上了幾隻艾芙，害得對方碰到了毒電線，而她自己也不小心碰著了，頓時間大夥避得避、退得退，亂成一團。

「怎麼回事……」被害的艾芙們有點不太高興。

「毒電線……」

碧西斯滿腦子還陷在剛才看到的景象中，一時說不出話來。她緊盯著札里的一舉一動，就見札里已走到牧場的邊界，而在他途經的路上，一絲朦朧的光線隨著風細微地搖動著，像水中的倒影一般模糊不清。

「碧西斯，我們知道你在調查毒電線，可是你也不能這樣忽視大夥的安全啊！」一隻艾芙不滿道。

「是啊，我們可沒有你輕快。現在寶寶螌這一下，要是將來出了事怎麼辦？」

「你怎麼這麼不小心，上次不是還倒在毒電線底下嗎？」

艾芙們你一句、我一句，數落碧西斯輕率大意的舉動。想想倒在毒電線下的後果，大夥都是又驚又怕。

「如果我們這幾個大肚子的倒在毒電線底下，那肯定是爬不起來了！」

「要我看，大概瑪那也救不了我們，只能等主人來。」

「唉喲，太可怕了！我們快離遠點！」

見那些艾芙們準備要走，碧西斯突然心急起來。她不想……她不能再獨自面對這些了！她朝著大夥的背影大喊，竟喊出了一個自己都難以接受的結論：

「毒電線……毒電線是主人弄出來的！」

離開的腳步停了。

抱怨的碎語也停了。

艾芙們轉過身來，表情透露出哀傷。其中一隻語氣輕柔地喊「碧西斯……」，她慢慢走近碧西斯，走到她的身旁用下巴磨蹭她的背。

「毒電線軍團很辛苦吧，大夥都看在眼裡呢。你一定是太久沒有好好休息了。午後和我們一起曬曬太陽放鬆一下？」

「不是！我看見了！」

碧西斯甩開那隻艾芙，將剛剛看到的事情說了一遍。相比起靜靜聆聽的艾芙們，她的情緒顯得十分激動。

「我真的看見了！」

「碧西斯，你剛才有好好吃飯嗎？」此時已經有不少艾芙圍靠過來，其中一隻好言勸慰道：「先別想毒電線的事情了，好好休息一會，明天大夥再詳細聽你說好嗎？」

「不是的……我不累，我看得很清楚！」

「你累了，眼花是很自然的。」

「是啊，毒電線那麼細，你距離又那麼遠。」

「主人不會做這種事的，他們不是一直都挺好嗎？」

「是啊，主人總是照顧我們，幫我們除掉毒電線，還給我們帶種籽粉。」

隨著附和的聲音越來越多，碧西斯的心也逐漸冰涼。她緊繃的肩膀垮落，一對顏色相異的耳朵也垂墜下來。她不想再聽見更多了，但聲音還是不斷鑽進她的腦袋中。

「或許主人只是想要照顧那個被帶走的孩子。」

「就是，我一開始就這樣想了！」

「也許主人是想帶他們母女到一個更大更好的草場呢。」

「真的？那我倒是也想去。」

孩子被帶走已是六天前，當時激昂的情緒隨著習以為常的和平逐漸消退，艾芙們回歸到慣有的生活模式和處世態度，回歸到一派和氣的小日子中。牧場上並沒有一件值得他們擔心的事情，這才是正常的。

碧西斯漸漸收攏了她的激動與悲傷，也將渴望被理解的自己收回。她默不作聲地獨自離開，感到體內滿腔的憤怒不再膨脹躁動，反如碎裂的冰片一樣鋒冽清晰。碧西斯已經堅定了自己的想法，她對這片草場不再有任何留戀。同伴、孩子、媽媽，她都不需要。她對自己所看見的、所猜想的事不再有任何懷疑。吃完長生草的瑪那來找碧西斯的時候，碧西斯告訴瑪那她所看到的一切。

「可是人類為什麼要這麼做？我以為他們可以信賴……」

瑪那卻和其他艾芙們有著相同的困惑。

「就因為他們提供食物？」碧西斯反問。

「唔，這個……」

瑪那想起了貝克先生。

貝克先生帶來冬季香乾草，使大牛在冬天保持健壯。而大牛一年四季的糞便都能滋養長生草，使大地繁榮興茂，滋養小蟲、菇果和一切生命。若是貝克先生從不帶冬季的香乾草來呢？瑪那腦海中浮現貝克先生種植樹木、清理帶刺的黃花叢、搗弄圍欄，以及他對羊群、大牛們說話時的模樣。他會對著剛出生的小羊笑，會因為羊或牛死去而悲傷，就跟他們大牛一樣。

那麼麥區和札里呢？

瑪那還沒想出個答案，急性子的碧西斯已經下了定論。

「我才不管什麼原因，他們就是這麼做了。」碧西斯說：「我們一直都生活在毒電線裡面，這一切都是人類的錯！」

碧西斯站了起來，環視毒電線之外仍有大片綿延至天際的草場。這片她習以為常的景色，曾讓她以為所有地方、所有牧場都是相同的。但現在謎底揭開後，她終於明白不是這裡的地方是哪裡，明白了媽媽賦予她的使命。

「離開這裡、離開人類，總有我可以待的地方。我要自己決定在哪裡生活。」

似是要堅定自己的決心，她又毅然決然說道：「今晚就走。」

碧西斯的計畫相當危險，但並非不可能——不顧一切地衝破圍欄——碧西斯有這個本事。布爾曼朵莉牧場與貝克牧場的圍欄並不相同，是以木柱和數條尖銳的鐵線所組成。木柱撞著會疼，鐵線會陷入皮肉，但碧西斯年輕氣盛，有足夠的爆發力，也沒有懷著身孕的顧慮。她很可能會受不少皮肉傷，流下鮮血甚至割下幾片肉來，而她或許會因為這些傷口遲遲未癒而生病死亡，即使倖存下來也需要漫長且煎熬的復原期，並留下難看的傷疤。但倘若真的能衝破圍欄到另一邊，碧西斯不在乎。她要為了她在乎的「自由」一拚。

瑪那原想阻止碧西斯，但要開口時卻找不出一個合適的理由。碧西斯已經找到了她的答案，任誰也無法改變她的心意了。瑪那決定不再多說什麼，她跟著碧西斯站起身來，想和她好好道別。卻見碧西斯在她起身時深吸了一口氣，回頭對她投以渴求的目光。

「瑪那……你……」

碧西斯的聲音輕輕顫抖，眼裡的倒影有瑪那強壯的角。她期待瑪那可以和她一起走。她並不是真的那麼勇敢，她也會害怕。

可瑪那並沒有回應這渴求的目光。她走到碧西斯的身邊，以溫暖的脖頸與她相擁，碧西斯也回擁著瑪那。

「我只是想好好與你道別。」

瑪那沒有選擇與碧西斯一起離開。

「祝福你，碧西斯。」瑪那說。

3

隔日午時，人類又走進了草場。在一片混亂中，瑪那與許多艾芙都被追著跑出了草區。那條毒電線又不見了，但誰也沒有心思再去多想為什麼。瑪那恍恍惚惚地跟著隊伍往前走，一路上經過了什麼、走了多久全都毫無所察。

「好消息是九九〇她沒懷孕，」札里對麥區說道：「不然一屍兩命多可惜啊。」

碧西斯死了。

我們是奶牛

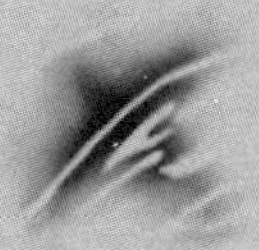

那每一次的掙扎
都化為一具模糊幽闇的影子，
反覆在瑪那的腦海中閃現。

1

當一隻飛鳥降落在看不見的遠方，瑪那才發現自己不知道已經盯著天空多久的時間。她回過神來望向新草區，發現不論熟悉或陌生的艾芙們都在休息了。今天最重要的一餐似乎已經過去，而瑪那卻沒有絲毫記憶。她想自己可能是生病了，所以才會這樣總是發愣，連一天當中是什麼時候吃的草都不記得。她真的吃了嗎？草是什麼味道？寶寶餓著沒有？依憑氣味的直覺，瑪那知道這裡是剛來布爾曼朵莉時所待過的草場，離那奇怪的旋轉房間不遠。但她對自己是如何來到這個草場，只留下了模糊的印象。每當她試著回想，便有一團黑霧在腦海中湧現，像數隻畸形的羊在舞蹈，混雜著死亡之鳥的血腥氣味。每當這些影子又出現時，瑪那便抬頭看飛鳥。同樣是鳥，地底的讓她驚懼，天空中翱翔的卻讓她感到平靜。

這裡有許多少見的大鳥——身型飽滿、翅膀又長又寬、羽色黑白——像牛。

特別是右半邊黑、左半邊白的那隻，長得很像……她撇開視線，又瞪著別的飛鳥好一段時間，才感覺心情平靜下來。

「喂。」

一個陌生的聲音從身後傳來，那無禮而熟悉的語氣，令瑪那渾身一震。瑪那扭頭看去，是一隻氣味平淡的成熟母牛。此刻瑪那才注意到，一些陌生的氣味不只來自同一個草區裡的艾芙，也來自草區的隔壁、隔欄另一邊一群年紀較長的牛。這種隔欄比以前草區的圍欄要簡單鬆散些，但卻跟毒電線一樣碰了就疼，將瑪那與艾芙這邊的牛群，和看上去也都懷著身孕的另一群牛給隔開了。瑪那依稀想起阿吉似乎和她提起過，說她從沒想過一個牧場上竟可以有這麼多的牛。之前因為距離較遠，兩群牛之間僅能依靠稀微的氣味和遠方的運動感知彼此的存在，現在因為草區移擴而靠近，瑪那也不禁感受到阿吉當時的驚訝。這黑的白的個個連成一片，頗有夏季黃花叢擴張蔓生，要將整個牧場吞噬的架式。

此時瑪那與母牛之間雖然仍有隔欄阻隔，但已經能夠站在草區的邊緣彼此對話。

「你的角……」

母牛緊盯著瑪那頭上的角，表情像看見了什麼怪異。

聽見對方談論她的角，瑪那突然感覺喉嚨收得很緊。曾經有一雙眼睛，在失去光采以前，也是這樣盯著她的角。瑪那遲疑了一會，一個字一個字乾澀地答道：「是的，我有角。」

「真像一對翅膀呀……」對方沉吟了一會，狐疑地問道：「你聽見月娘的歌聲了？」

「什麼？」

「梅多瑪的月娘啊，你不知道？」

瑪那很意外在這個牧場上聽誰談起「梅多瑪」，卻又不確定母牛所說的梅多瑪，和貝克牧場是同一個意思。瑪那想了想，輕輕地翻了翻單邊的耳朵。

「說的也是，你不過是個連奶都還沒產過的小艾芙。我就想著奇怪呢，連歐娜姐都還沒能聽見。但你那角是怎麼回事？」

「媽媽生的呀。」

「哈哈哈，」對方聽了竟大笑起來，「天真的小艾芙。」

在布爾曼朵莉已將近一年，瑪那仍然不習慣被稱為艾芙。一直以來，這個稱呼都讓她感到有些不舒服，覺得承認自己與艾芙們相同，就好像折損了她身為一隻牛的傲氣。然而此時聽見對方這樣嘲笑她，她竟有種從未經驗過的感受——母牛的話宛如一根又長又尖的藤刺，扎進瑪那的胸口，將瑪那的氣管狠狠捆緊。瑪那呼吸一滯，用力地緩過勁來吐出一抹噎在腦海中結成塊的黑影。母牛是對的，自己確實太天真了，就和那些自己曾經看不起的艾芙妹妹們一樣，沒有任何一點區別。

瑪那覺得這病懨懨的身體更加不舒服了，腦子卻好像清明了些。

她忍著不適開口詢問對方：「你不是艾芙嗎？你是怎麼知道梅多瑪的？」

「我們奶牛已經在前往梅多瑪的路上了，和你們艾芙可不一樣。」

「這是什麼意思？」

「孩子，你很快就會明白的。」

母牛笑了笑，轉身離開了。

「在前往梅多瑪的路上？」

瑪那看著母牛走遠的背影，輕輕重複這句話。在她漸漸甦醒過來的腦袋中，依稀浮現好友那天與自己最後的對話，以及碧西斯終於放鬆緊繃的神態時，那最後的笑容。

「碧西斯，在梅多瑪也要好好照顧自己喔。」

「沒問題，瑪那。等你生下孩子，就用你美麗的角帶她飛來找我吧！」

瑪那聽見自己笑著回答：

「好哇，我們梅多瑪見！」

與好友的約定。

如果碧西斯和自己一起來到這個草場，那個夢想會有機會實現嗎？瑪那想要知道，斐勒麥梅多瑪是不是真的有路可以去。

那天傍晚瑪那覺得精神好多了，她想找阿吉聊一聊與母牛之間的奇怪對話。瑪那在熟悉的艾芙之間，沒有找到愛到處串門的阿吉，又問了那些才認識的新艾芙們，但誰也沒有見到她。最後瑪那在一個幽僻的小角落裡——這一點也不是阿吉平時會做的事——嗅到了阿吉那爽朗而熟悉的氣息，瑪那高興地出聲呼喚，但很快便察覺到氣味有一絲異常。

「阿吉？」

在一段距離之外，阿吉趴在地上。若不是如此地熟悉阿吉，瑪那可能會以為阿吉已經睡著了。但此時瑪那臉色驟變，她知道阿吉的狀態相當不對勁。

「阿吉！你怎麼了？」

瑪那迅速地走近，發現阿吉四肢無力地趴倒在地上，正虛弱地喘著氣息。她的屁股下面濕淋淋的一片，尾根束起，外陰處露出了一只小牛蹄。

阿吉要生了。

「瑪那……」

阿吉用微弱的聲音說話，瑪那緊張得鼻樑全皺成了一團，她從來沒有見過阿吉這個模樣。

「我可能……要去見米奈阿姨了……」

「不，你不會的！你不會像米奈阿姨那樣的！」

米奈阿姨在生下奈奈的幾天內便去世了，即使當時瑪那和阿吉的年紀還很小，仍然能隱約明白米奈阿姨是為什麼原因離開的。生產是一件真正的大事，九個多月的孕育已經足夠辛苦，但危險的卻還在後頭，甚至可能為此賠上自己的性命。奈奈在稍微懂事後，就曾經問過媽媽，為什麼大夥明知道生孩子很危險卻還是選擇懷孕。

瑪那記得媽媽不好意思地扭了扭耳朵說：「這個呀……大概是因為瑪那她爸實在太好看了。」接著又低頭溫柔地舔舐奈奈和她，「傻孩子，能看著你們成長，就是做為母親這輩子最大的驕傲啊，明白了嗎？」

「米奈她一定也很高興能見到你這麼漂亮的小丫頭的。」

看著阿吉難受的模樣，瑪那急得紅了眼，阿吉肯定已經疼了許久卻始終沒有什麼進展，而瑪那卻無法幫上她任何忙。瑪那想試著鼓勵阿吉，她很快搬出媽媽說過的這段話來給阿吉打氣：「阿吉你可以的！想想你可愛又漂亮的寶寶呀！你很快就能見到他了！」

「嘿……」阿吉聽了瑪那的話後，艱難地笑了一聲說：「是啊……我的寶寶還要和你的……玩一起呢。」

「就是這樣阿吉！我會保護你和孩子的！」

瑪那才失去了一位好友，實在不願意再失去一位家人。她急急切切地整夜守在阿吉身邊鼓勵她，還舔舐那只露在外面的小牛蹄，想給阿吉潤滑。剛開始時阿吉也在瑪那的鼓勵下一波一波地使勁，但小牛的蹄子卻始終卡在相同的位置不進也不出。不久後，阿吉便癱軟得沒有一絲氣力，畢竟先前她已獨自努力許久了。眼見阿吉的鼻頭漸漸乾燥起來，身體更是越來越涼，瑪那彎下脖子想給阿吉一點溫暖，但阿吉卻渾身發脹發疼，碰哪兒都痛得受不了。瑪那只得待在一旁乾著急，努力回想所有媽媽曾提過的、有關生產的事，試圖找到可以幫助阿吉的方法。

「瑪那……」

臨近清晨的時候，阿吉再次開口，聲音更加虛弱了。

「怎麼了？」

瑪那立即豎耳傾聽。

「其實……我一直很羨慕你……」阿吉停下來，喘了喘又繼續說下去：

「有溫柔的媽媽和……這麼漂亮的角……」

「阿吉……」

瑪那心疼得說不出話來。她知道阿吉童年的辛苦，知道吉娜阿姨在產下阿吉後又很快懷胎，所以很早就不與阿吉親近。吉娜阿姨的暴躁脾氣牧場上誰不知曉，但就是阿吉不得不去招惹。阿吉總是笑嘿嘿的，找瑪那總是玩樂打趣，瑪那知道她寂寞，以為他們能就這樣一直陪伴彼此走下去……

「阿吉阿夸，你一定會好起來的，一切都會好起來的……我們還有好多事情沒做呢。我們不是說好要一起嚐遍牧場上的菇果嗎？你可不能食言啊……奈奈，奈奈還等我們帶她去嚐甜水梅呢！只有你能找到那麼多的甜水梅呀……你一定會好起來的……梅多瑪！梅多瑪一定會保佑你的！」

此時又密又厚的黑暗雲層之外，一抹晨光在地表揭露出破碎的一隅，照在阿吉起伏微弱的胸口，照進她半瞇著的雙眼之中。

瑪那趕緊接著道：「阿吉你瞧，太陽要出來了！再等會就不冷了，你一定會好的。」

「瑪那……」

瑪那溫柔地舔了舔阿吉的耳朵，這是阿吉唯一一處不痠疼的地方了。

「我愛你……瑪那……」

瑪那著急了。

「拜託你別說話了，你一定會沒事的！你不可以！你不可以拋下我！」

「謝謝你……」

「謝什麼！我們是家人啊！」

瑪那第一次感覺到自己是如此弱小，如此地無能為力。阿吉好像沒有聽見瑪那說什麼似的，怎麼也不肯停口。她斷斷續續唱起那首兒時的歌謠，像是要把最後一絲氣力也給用盡。

「咋呦……咋夸嘿……呦夸……裡呦美嘻……梅多……瑪」

在刺骨的晨風中，瑪那一邊哭著一邊跟隨阿吉重複吟誦那首歌，恍惚間，一道規律低沉的隆隆聲加入了他們，自遠方慢慢地越靠越近。兩輛四輪車的車燈掃過，停了下來。

「札里！快來幫忙！」

麥區抱著一個袋子跑了過來。他跪在阿吉的身邊，輕輕鬆鬆將比他重八倍的阿吉給按倒在地上。瑪那見到他把袋子上的一根線連到阿吉的脖子上，札里也跑過來跪在另一邊按住了阿吉的脖子。當麥區使勁握壓他手中的袋子時，阿吉虛弱無力的呼吸竟漸漸緩了過來。沒一會兒功夫，當他們連上第二個袋子後，阿吉竟然能站起身來了！

「呼……」

麥區和札里都長舒了一口氣。

瑪那也是。

「麻煩你先傳訊給布爾曼先生，說八六六胎位不正難產，所以我們會晚點開始。」麥區對札里招呼了一聲，然後拍了拍阿吉的肩膀繼續說道：「我先帶她過去頭部固定夾那邊等你。」

看著麥區走在阿吉的身後，慢慢引導阿吉走向草區的角落，穿過本來有毒電線的地方，走向一個瑪那不知道的所在。碧西斯那晚的聲音，在瑪那腦海中閃過：

「要知道這一切都是人類的錯！」

而瑪那只是盯著阿吉走得搖搖晃晃的背影漸漸遠去，直至消失。

她舔了舔鼻頭上的冷汗。

「人類……或許不像碧西斯想的那麼糟。」

2

布爾曼朵莉牧場從上週開始，正式進入最忙碌的時期。除了本來就天天執行著基礎工作的麥區和札里，布爾曼先生與妻子朵莉也開始天天出現在內草場。牧場上的每個人，都因為奶牛預產期的到來，忙得不可開交。當朵莉抱怨工作服又悶又難看、忙得連早飯都來不及幫兒子準備時，布爾曼先生總會這樣寬慰她：「好了，只要撐過這兩、三個月，我們就能收穫整年的利潤。」

布爾曼先生承租這片平坦的牧草地已經有五年。今年，他又另外在牧場附近租了一塊外草場，用來飼養不怎麼需要照護的小母牛，好將內草場讓給所有已經會產奶的奶牛。於是，布爾曼朵莉牧場從初期輕度放牧的兩百多頭牛隻，如今已增加到八百八十頭牛。牧場上的每一根牧草都毫無浪費地被有效利用，布爾曼先生感到相當滿意。

「盡己所能對資源進行有效的利用。」

這就是布爾曼先生珍惜土地與資源的方式。

「巴迪還是艾芙?」

布爾曼先生到達工廠一隅用來固定牛隻,以進行接生、用藥與其他健康項目的頭部固定夾門時,麥區正在脫除長及手臂的接生手套——用以將手伸入母牛的屁股或子宮裡。而札里正在將那從子宮裡拖出來的小牛給丟進一個金屬網拖車裡。小牛濕淋淋的毛皮撞在金屬網上,癱軟地滑成一個怪異曲折的形狀,顯然已經死了。

「巴迪。」

「嗯,那好。這八六六的奶先分開擠,避免感染給其他牛。」

布爾曼先生一邊說著,拾起夾門邊上擺著的一罐紅色噴漆,朝奶牛的乳房標記上一個大大的叉。

在飼養奶牛的牧場裡,雌性小牛稱為艾芙,雄性小牛稱為巴迪。在布爾曼先生的眼裡,他們都不是真正的牛。唯有生過孩子的母牛,才是真正具有價值的奶牛。

他接著說道：「早上的工作已經遲了快半小時了，趕緊帶八六六和其他奶牛去擠奶。小牛我來處理。還有什麼要丟的？」

麥區聞言，取出了一早放在工作褲袋裡、已經乾癟的兩個食鹽水袋，連同手中一次性的塑膠手套，一起丟進了載著扭曲身形小牛的拖車裡。布爾曼先生搖搖手中幾近空了的噴漆罐，也跟著丟了進去。他開著小拖車一路在牧場裡撿拾大型垃圾，也順便巡視每個草場的牧草生長狀況。他在腦海中記下需要施肥、補植或是補給更多真空草包的草場與草區，最後在牧場邊界一個事先挖好的大土坑旁，把一車的東西都給丟了進去。

--- 3 ---

送走阿吉後，瑪那痛快地睡了一場。沒幾日，那不知名的怪病總算是全好了，腦袋清楚，也恢復了精神。視覺、嗅覺、味覺，和冬日裡愈漸冷冽的風，這些感覺都回來了。她現在能篤定阿吉與奈奈都在牧場的不遠處。一天兩次，當太陽剛冒頭以及過頂不久後，阿吉、奈奈和一些她認識或不認識的傢伙，會配合麥區或札里的指示，經過瑪那所在的草場邊緣。可惜太遠了，瑪那僅能藉著熟悉的走路姿態與氛圍認出他們倆，卻沒辦法聞到他們的氣味、確認他們的精神與健康狀況。有次阿吉也看見了她，遠遠朝她搖起耳朵要她放心。奈奈倒是看起來無精打采的，肚子也消了下去，瑪那擔憂她的孩子是不是也像其他艾芙的那樣，給人類帶走了。奈奈肯定比誰都要傷心。

與從前住了好些時日的草場相比，麥區和札里變得時常出現。他們一天兩次將生下來的小牛們帶走，一天一次將產後的艾芙媽媽們帶走。雖然不明白他們為什麼要把孩子與媽媽們分開，但若是沒有他們，瑪那可能就再也聞不上阿吉的氣息了。然而對於有時也會給大夥帶上食物的布爾曼，瑪那倒是沒有一絲好感。她在本能上抗拒接近這個人類。

草區移擴的時間，現已改到了日落前。除了長生草與種籽粉以外，草場上又增加了一種新的食物選擇，是一種外型像截樹幹那樣的大傢伙。這個大傢伙和香乾草都是沒有了根又結成一團的草塊。但香乾草是鬆軟而乾燥的，充斥著陽光的氣味；而這種潮濕的草團則是又密又緊地捲了一層又一層。若是一隻羊掉進了泥坑裡還能爬起來在香乾草堆裡打滾，或許就會捲成這種樹幹的形狀。瑪那聽隔壁的母牛喊這種草團叫「濕草捲」，而這被捲成一層又一層的草根則叫「酸果草」，聞起來就像浸泡在雨水裡多日的果實一樣，酸騷甘沉。

瑪那原本以為自己大概不會喜歡這種聞上去不怎麼新鮮的草，但小心地嚐了幾口後，發現竟也還算清香甘美，草汁酸騷的特殊風味會在口腔裡停留許久，還挺耐嚼。只是酸果草的口味變化極大，有時會帶著討厭的苦味。

一連幾天，瑪那注意到有隻奶牛一直躺在草區的外面，不曉得是不是生了什麼嚴重的病，或是有看不見的腿傷。她曾見到麥區像對待阿吉那樣，給奶牛接上了袋子，但奶牛一直沒有站起身來。布爾曼還用力地踢了奶牛幾腳，但奶牛依舊不為所動。他們接著又開來一輛古怪的車子，啣住奶牛的髖骨，奶牛四腳朝地被騰空抓起，站了幾秒鐘又躺了下去。於是他們在奶牛身邊放了一些水和食物後便離開了。瑪那算了算，今天已經是第六天。

瑪那對這隻奶牛非常好奇，似乎奶牛對她也是，因為他們經常彼此對上視線。這天下午，當艾芙與奶牛們都各自在新開放的草區吃草時，那隻奶牛總算是在麥區又一次給她接上袋子之後站了起來，重新加入原來的奶牛群體。瑪那看見她走進草區後，便朝自己的方向走了過來。

奶牛開口說道：「你好，我是編號五三六的莉姬。」

奶牛聽起來客氣而友善，卻又帶著一絲清冷淡漠，還說了瑪那沒聽過的字眼，但瑪那仍好奇且禮貌地回應對方。

「您好，我是瑪那……請問編號五三六指的是什麼？」

莉姬輕笑，似乎就等著瑪那的提問。

她說：「那是人類給我們的稱呼。這裡的每隻艾芙和奶牛，都有一個唯一的編號標在右耳上。就像名字一樣。」

人類？

瑪那注意到莉姬的用詞與其他艾芙不同，她稱人類為「人類」而不是「主人」。這點與瑪那從小的習慣相仿，心裡頓時有股親切感油然而生。她聽了莉姬的話後，仔細朝莉姬的耳朵看去，果然看到上面掛著一個小小的東西，長著奇怪的花紋。瑪那這才想起，剛來到牧場時，她曾在旋轉房間裡感覺到耳朵一陣發麻，但那種異物感並不礙事，習慣後很快便忘記了。

但莉姬是怎麼知道的？

瑪那問：「請問您怎麼知道上面的花紋是什麼呢？」

「這是我常年的觀察。人類會在看過這個東西之後，才能分辨以及稱呼我們。花紋模糊時，他們就得拿東西把這些花紋變清楚。」

莉姬接著說：「這個發現還挺有用，有時能知道他們下一步想要做些什麼。」

「知道之後呢？可以做些什麼？」瑪那覺得非常有趣。

「這可就多了。」莉姬輕哼鼻息，略為蓬起的尾梢顯示出她的愉悅。「你也看見我在那躺了五天吧？這可是計畫好的。去年有隻奶牛生病被移出了草區，恰好我記住了她的編號。在第五天時，我聽見人類的對話，說隔兩天便要送她去別的地方。兩天後，她果然再也沒回來過。所以我就想試試，算準了五天躺在那不動。」

原來莉姬無病也無傷，是故意躺在那的！瑪那驚訝地說不出話來。

看見瑪那欽佩又好奇的模樣，莉姬滿意地說道：「當然，這是有點冒險，不過很值得。」

「您為什麼要冒險做這件事情呢？」瑪那想起她也曾有位不怕冒險的朋友，隨即又開口問道：「您也想去別的地方嗎？」

「這樣吧，你先回答我的問題，我就回答你的問題。」莉姬接著說：「第一，你頭頂上那有趣的玩意兒，你有試著拿來做過什麼事嗎？」

「你是說我的角嗎？」

瑪那將頭上的角輕輕擺正，想了想所有關於角的事，卻只能記起年幼時，爺爺說過角可以變成翅膀飛起來的故事。

「還……沒有。」

瑪那遲疑地將耳背翻過。確實，瑪那還沒有試著飛過。

莉姬幾不可察地皺了皺鼻子，有些狐疑地看著瑪那，似乎是認為瑪那對她有所隱瞞。

她失望地用鼻子噴了口氣道：「你實在該試一試。」

「第二，你是從別的牧場來的對吧？給我說說那裡的事。」

「喔，是的。貝克牧場。」

要瑪那分享那些美好的記憶，她當然是樂意的。只是貝克牧場發生的許多事，大部份的艾芙們都無法理解，所以瑪那漸漸也就不提了。當瑪那開始向莉姬訴說那許久沒有與誰談起的家，瑪那產生一種奇怪的感覺。那些黃花叢、松樹林、溪流和羊群的畫面在腦海中浮現時，瑪那也想起了在牧場奔跑、有風在追的快意。她想起年幼時風風火火幹過的傻事，也想起會笑話她的一群家人。

瑪那第一次意識到，那些在家裡、在貝克牧場度過的春夏秋冬，是她已經無法回去的地方，是她不知不覺過去了的童年。

瑪那向莉姬提到家人、提到牧場的地景地貌、提到羊與貝克先生，也提到阿吉與奈奈。在聆聽這些時，莉姬顯得相當冷靜，唯有當瑪那提到叔叔爺爺的時候，耳朵輕輕地顫了一下。但莉姬沒有馬上詢問有關公牛的事情，只是在聽完之後幽幽地說：「原來還有這樣的地方……不過，那裡沒有圍欄嗎？」

「有，在與快速車道之間和牧場的邊緣可以看到圍欄。」

「你們的圍欄，能出得去？」

「嗯……不知道，大夥很少會走到牧場邊緣。」瑪那若有所思接道：「或許跟這裡的一樣困難……」

瑪那從未想過這個問題。她回憶貝克牧場圍欄的模樣，是以木柱和格子狀的鐵線所組成。如果鐵線沒有明顯的損壞，看上去確實不能過。但這麼說來，貪玩的自己竟沒有嘗試要往圍欄外探索過。或許是因為牛本能地不喜歡靠近既吵鬧又臭烘烘的車子，而牧場另一邊又全是扎臉的黃花叢與不易通過的倒木枯枝。現在想想，瑪那倒是覺得有些可惜了，怎麼小時候就沒想到可以跟阿吉試著越過圍欄去冒險呢。

「這樣啊。布爾曼朵莉這裡的圍欄外，還有一圈毒電線。不然像我們之間的這種隔欄，小牛貼在地上一滑，或許也能夠出去了。真是可惜。」

莉姬說完便抬眼觀察瑪那的反應，以為瑪那肯定會接著問她關於小牛的事。沒想到瑪那臉色卻突然難看起來，一雙瞪出眼白的眼睛裡全是驚惶，似乎是想起什麼難受的事。

「啊……」

瑪那終於明白碧西斯沒能成功離開的原因。黑森森的死亡氣味再次湧上鼻腔，她回想起向好友告別的那個晚上，想起碧西斯卡在圍欄鐵線之間不斷掙扎、顫抖，直到再也不動的畫面。那每一次的掙扎都化為一具模糊幽闇的影子，反覆在瑪那的腦海中閃現，她的腦袋又開始暈乎起來。

「毒電線……人類！是人類！」

此刻瑪那就像是被什麼給奪去了神智一般，不由自主地從顫抖的齒縫中擠出難聽的聲音。然而莉姬卻沒有感到一絲驚惶。在這個牧場裡誰都有一段與毒電線的故事。

當莉姬還是一隻艾芙的時候，她就隱約察覺到牧場上某些無法解釋的事。就如同日昇日落，或是長生草的季節消長一般，人類這個物種的行為，與牛群的生存是如此密切相關，卻具有危險的不穩定性。一次缺席的草區移擴，讓莉姬開始想像，人類要是有天一直不出現，會是什麼情況。望著毒電線外廣袤的長生草，她不禁感到懷疑，自己為什麼會在這裡，而不是在那裡。倚靠陽光、風雨和土壤生存的小蟲們、昆蟲們、飛鳥們到處都是，彼此吃食、互惠互利，卻沒有哪個會因為對方的不作為而喪生。但他們的生命卻必須仰賴另一個物種的恩惠。

是的，恩惠。莉姬看得出來，人類是刻意過來給他們打開毒電線的，而不像其他物種總是行生存必要之為。所以就算來得遲了、缺席了，對人類也是無關痛癢的事情。正因為人類那不緊不慢的態度，絕大部份的艾芙、奶牛與曾經的自己，都能隱約察覺到被人類施予恩惠的過程，進而對人類產生感謝與崇敬之情，尊稱他們為「主人」。

人類為什麼這麼做？這些沒有答案的思索，並沒有困擾莉姬的生活，但仍然在莉姬心裡埋下小小的種子，直到她第一次生下小牛時，才漸漸了解到，自己過去對人類的感謝與崇敬，簡直錯得離譜。

「可惜，奶牛們已經聽不進這些了。」

莉姬在心裡嘆了一口氣，看向眼前這個自己觀察了一段時間的艾芙。莉姬期待瑪那能摒棄過去的成見、拋開來自其他艾芙或奶牛們的影響，好好聆聽自己所說的話。然而莉姬不能確定的是，成長於那樣一個牧場的瑪那，究竟是更能夠理解，或是更不能夠理解呢？

「至少她已經開始對人類產生了質疑。」莉姬想。

「其實我這次躺在那裡五天，有一部份也是為了要驗證我對這件事情的看法。」

當瑪那稍微從失神的狀態中恢復，找了藉口想停止對話時，莉姬沒有立刻讓她離開，而是繼續說道：「我認為是的，就像你想的那樣，人類製造毒電線，並且使用毒電線來約束我們。」

「不是的，不是我……」瑪那心裡一慌，她不知道該相信碧西斯，或是……

瑪那腦海中浮現阿吉朝她輕搖耳朵的模樣。

「我是說，人類為什麼要這麼做？他們明明……」

瑪那猶豫著該如何形容她對人類的感受。像是麥區、札里，或是貝克先生。

「……他們明明是這樣……好？」瑪那遲疑地說。

莉姬的期待一下子被澆熄了。她煩躁地甩動尾巴、背過雙耳，決定先與瑪那對話到這裡。

「我不知道人類到底是好是壞，不過有件事情還是能先提醒你。」莉姬背過身去，準備離開，「生下孩子後別去舔。你會好受一點的。」

與莉姬對話的隔天，瑪那迎來了她的生產。

4

早晨，瑪那察覺出身體的變化——下腹的下墜感變得十分明顯，髖骨變得比以往還要痠疼，像是被誰用牛蹄踩住好半天都不得動彈。她窩在艾芙群裡懶洋洋的沒起床，換了一個姿勢拉長自己背脊，好舒緩一會那緊繃的感覺。

這天風冽，寒冷的氣流帶走陽光的暖意，徒留薄薄的冰霜凝在被齒列截短的草根斷面上，反射出點點微光。不久後，這些微光便被今年的第一場雪給覆蓋了。艾芙們無意欣賞雪白純淨的地毯逐漸積厚，為了躲避風寒，他們都背對著風雪吹來的方向，一個挨著一個，將黑白色的毛皮連成一片柔軟的大床鋪。

兩隻艾芙對這溫暖的床鋪興趣缺缺，各自窩在草區的一隅躁動不安地改變著姿勢。一會兒起身，一會兒臥下，一會兒又拱起背脊，似乎怎樣都無法讓自己舒服一點。幾天來，瑪那已經見過多次這樣的景況，知道在寶寶出生以前，腹部一波波的收縮，將會是十分難受的過程，難受得那些艾芙受不了一點刺激與觸碰，所以總是獨自離群，以專心承接這樣巨大的身體變化。

「今天的風這麼寒，肯定更辛苦吧。」

瑪那遠遠看著，又有幾隻艾芙加入了離群的行列，產下的寶寶落在雪地上發抖，不禁覺得有些同情。好在麥區和札里很快就出現，將發抖的孩子和媽媽一起帶走了。

「要是能在春天生下孩子該多好。」

瑪那記得，阿吉、奈奈與自己，都是在春天出生的。春日，暖陽不像夏天那樣扎皮膚，也不像秋天樹葉落盡而開始刮大風，更有一天天愈加青嫩的長生草可吃。瑪那翻過她的大肚皮，抖落身上的幾片積雪，又扭身舔了舔自己痠疼的腰角，感覺到骨頭的位置漸漸往後方陷落。她的身體似乎已經準備好要產下一個新的生命了，可她卻為此感到擔心。瑪那在心中對肚子裡的寶寶說話，要寶寶別著急，等天氣暖和點再出來。她希望這寒冷的天候快點過去，要是寶寶受風著涼，她肯定會心疼的。

然而當太陽接近頭頂的時候，瑪那就發現這孩子肯定很有自己的脾性，一點兒也不聽勸。瑪那的腹部開始疼了，她感覺到一股強韌力量在體內翻滾，一波又一波，像寶寶在吶喊、渴望呼吸、渴望得到獨立的生命。瑪那深吸了一口冷冽的空氣，嘗試讓自己與寶寶都放鬆下來。她望向天空想知道落日前的天氣是否會好轉，但看厚重的雲層在風的擺弄下又聚又散，瑪那實在不敢太過樂觀。

陣痛又來了，這次疼得瑪那雙眼發直，周圍零星的歡聲笑語開始顯得擁擠吵鬧，大夥的氣味干擾得她心神不寧，像無數隻斑蝶拍翅，穿過耳窩和眼眶，在腦袋裡飛進飛出。於是趁著陣痛停歇一會的時候，瑪那也決定移動了。

她站起身來，積蓄許久的體溫一下就被風吹得無影無蹤。瑪那猶豫了好一陣子，才又緩慢地邁開有些無力的蹄子。她走出這團牛妹妹們簇擁攢動的毛皮床鋪，停在一個距離之外。既不過份遠，不會感覺到孤單寂寞；也不過份近，不會被輕易打擾。瑪那長長吐出一口憋在喉頭的濁氣，整個腦袋似乎清明了點。寒冷的感覺並沒有想像中難受，呼呼的風聲蓋過其他細碎不休的聲響，世界便只剩下自己的心跳，與寶寶在體內的脈動。她感覺到胸口和乳房漸漸充斥起一股飽滿的熱意。

咚咚。

咚咚。

「落日……在天幕開啟時將寶寶生下來吧，接受來自梅多瑪的祝福。」

瑪那被自己的想法嚇了一跳。她怎麼會覺得寶寶需要一份梅多瑪祝福呢？貝克牧場並沒有誰教過她這件事，也沒有這樣的慣俗。

在離開貝克牧場後，瑪那童年的一切彷彿都被推翻了，她曾有很長一段時間沒有再想起梅多瑪。可自從換到這個草區，梅多瑪便從許多完全陌生的母牛口中說出，像來自另一個世界的語言一般，讓瑪那感到困惑不已。她持續打探通往梅多瑪的道路，僅因為與好友的約定與歉疚。

「梅多瑪會保佑我們的。」

阿吉難產的那天早晨，是瑪那唯一一次因為無助，重新喚回童年時的梅多瑪。但比起梅多瑪，人類不會更值得信賴嗎？畢竟阿吉最後能得救，是因為麥區和札里的幫助。此時，空氣裡一絲細密的甜味隱微地竄入瑪那記憶的深處——她想起童年第一個冬日的早晨，想起她第一次嚐到香乾草的芬芳，想起叔叔阿姨們寵愛的笑容，想起前一夜裡媽媽奶水的香甜——與瑪那這鼓脹的胸脯零星溢出的氣味如此相似，她想起了媽媽的味道，想起那天早晨媽媽的輕聲呼喚。

「瑪那，我親愛的阿夸。」

就在媽媽第一次沒有喚醒她的早晨，第一次要她自己爭食香乾草的早晨，太陽剛揭開天幕來到地面的時候。

「不要忘記了，你是一隻大牛。你不僅是媽媽的孩子，也是梅多瑪的孩子。你可愛的角，便是媽媽和梅多瑪的約定。你明白了嗎？」

瑪那想起來了，想起牛角漸漸成長所帶來的搔癢，搔刮著她內心的恐懼。想起她曾想反抗時間帶來的變化，想反抗牛角一天比一天還要長，想反抗自己必須成為一個獨立的個體。可每當角又長長一點，都在告訴她反抗是沒有用的，她正走向足歲而必須脫離媽媽，去擔負起一隻大牛該有的責任。牧場上哪有誰的角會像她這樣張揚，昭告天下一般，讓大夥知道這角的擁有者已是一隻了不起的大牛。

瑪那別無選擇地被冠上這樣的期待。這奪目的牛角使她變得特別，但卻不是因為她的付出或功勞。她一直理所當然地享受著家人的呵護、關愛與重視，卻又總害怕自己不值得。她的角讓她收穫了無數尊寵，但她更寧願自己可以只是一隻平凡無奇的牛。

她曾哭鬧著，告訴媽媽她不要這樣好的角。

「傻孩子。當牛思念著梅多瑪，梅多瑪也思念著牛，才能生下長著角的牛呀。角不僅是約定，也是思念。你明白了嗎？」

過去瑪那不能明白，她只覺得這麼一對漂亮的角或許不該屬於自己。她就像降落到大地上的奧洛絲一樣，忘記了故鄉，忘記了自己是一隻有角的牛。直到如今，瑪那也即將成為一個媽媽，她才明白媽媽話中的意思。原來那天早晨，媽媽並不是要她成為獨立自主的大牛，而是瑪那生來便是一隻大牛，因為她和媽媽都是梅多瑪的孩子。

就像瑪那擔心著冬雪風寒一般，瑪那對孩子的思念，就如媽媽對她的思念。唯有當一隻牛也懂得思念，思念梅多瑪，思念她的來處、她的故鄉、她的媽媽，她的孩子才會長出一對漂亮的角。而這對角，將會伴隨孩子的一生。

角，是彼此思念的結晶，是大牛與梅多瑪的約定。約定好不會停止思念。就像頭上的角一般，永遠朝向天空、朝向故鄉，終其一生。

瑪那終於明白，原來自己從未真正長大。她頂著一對成熟而美麗的角，內心卻永遠住在貝克牧場的童年時光中。她害怕長大，她以為自己不值得，她的疑懼阻擋了她去看見自己，看見自己已經是一隻懂得思念的大牛。

「我明白了，媽媽。」她思念著媽媽，就如媽媽也思念著她。

「我準備好了。」

瑪那昂起頭，將角高高地舉向天空。她相信她可以做到。她充滿信心。

她大聲宣布：「我是瑪那，我是一隻牛。」不是艾芙，也不是奶牛。

她值得「是一隻真正的大牛。」

望著逐步稀薄的雲層與漸漸展露的太陽，瑪那在心裡宣誓：

「我的故鄉，是斐勒麥梅多瑪。」

奶水滴落，腹中的生命也再次鼓動起來。

我是媽媽

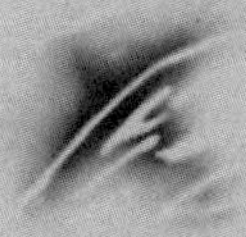

平穩而具有韻律的起伏，

像一首古老的歌謠，

反覆唱誦著生命之源的祕密。

1

夕陽西下。積了整日的層雲，終於在此時被太陽劃開幾道光燦的口子。當麥區和札里在離開牧場前，步入瑪那所在的草場以進行這天最後的工作時，幾個比瑪那還要晚破水的艾芙們都已經產下了孩子。麥區走向毒電線，準備打開一個新的草區，札里則走向那些還濕淋淋地沾著胎膜、起不了身的小牛，與他們的媽媽。

「八七一……」

札里雙手提在胸前，口中唸唸有詞，接著又走到另一隻艾芙媽媽身邊。

「九二六……」

「麥區，你旁邊那隻幫我看一下編號！」札里朝草區那頭喊道。

「看了，」麥區手中拿著毒電線圓圓的殼，正準備打開新的草區，「有點糊，不確定是九三三或九八三。你翻翻之前的記錄確認一下吧。」

「咯啦咯啦……咯啦咯啦咯啦」

隨著毒電線消失的魔法咒語，所有艾芙們都湧向了新的草區，除了一些剛產下小牛和待產中的艾芙媽媽們。

瑪那沒有留在原地。她選擇忍耐越來越密集、越來越強烈的痙攣，混入其他艾芙們的隊伍到新的草區去。莉姬說的對，知道編號的事，便能知道人類的下一步。所以即使疼得冷汗直流、腿蹄子抖個不停，瑪那仍然混在艾芙群中，低著頭假裝咬草，奮力壓抑著這幾乎要脹破肚腩的洪水猛獸，努力維持腦袋的運轉。她睜著濛上一層霧氣的眼睛往札里那兒覷，札里已經將幾隻懵懵懂懂的小牛給裝進小房子裡了。

他說：「九八三已經生了，這隻是九三三。」

「好，我記下了。明天見。」

「再見。」

聽著兩輛四輪車遠去的聲音，瑪那癱軟地倒在地上喘息。她無力去思考自己剛才躲避人類的本能判斷，只能勉力抬起脖頸、放鬆下肢，一口又一口深深吸吐著空氣，重新全神貫注於下腹的收縮。不一會兒，瑪那感覺到下體被異物撐開撕裂的劇痛。她倒抽了口涼氣，扭頭去看自己的屁股，見到一雙小蹄子吊在那。瑪那受到激勵信心大增，更加奮力地抬起腰臀，配合呼吸的節奏使勁。隨著一波又一波的收縮，瑪那能感覺到寶寶在子宮口與自己的呼吸一起脈動，一小截、一小截地滑出她的身體。

「快……快了！」

瑪那已經頭昏眼花，她將前額靠在地上稍作休息，不斷喘息的口中流出無力管轄的唾液，沾濕了她的面頰。因緊繃而發熱的身體，逸散出一道道冷凝的煙花。她的眼前霧茫茫的幾乎要看不見，意識更是一片朦朧。

「喝！」

瑪那抬頭深吸一口氣，再次收束腰桿，抬起臀部大肌使勁將寶寶往體外壓。一次更加猛烈如閃電的撕裂感，貫穿她的脊椎，漫延至四肢百骸。她渾身顫抖，牙齒與上顎死釘在一起，好似要穿過腦門一般。

「唔！」

此刻寶寶最折磨人的部位，終於通過子宮口那撐得又薄又纖弱的束縛，瑪那感覺到隨後而來的如釋重負。她瞇著眼，恍惚地挪動下肢，將寶寶的後腿從體內給滑脫出來，陷入了極度緊繃後無法動彈的失神狀態。她幾乎覺得身體不是自己的了，連呼吸也給忘記，卻聽心跳仍鼓噪得厲害，咚咚咚的響個不停。

「咿……」

一抹如呼吸般細小的喉音，清晰地鑽入瑪那的耳朵裡。瑪那下意識地豎起雙耳，迷迷糊糊地扭身探看，便見一只黑溜溜水漉漉的小生物正在屁股後面搖頭晃腦。瑪那的母性本能立刻緩解了全身散架一般的疼痛，她支起身子將鼻頭往寶寶湊去。

「啊，好溫暖。」

咚咚。

寒風裡、夕陽下，這團新生的生命之火竄進瑪那的鼻腔，燒暖了她的心房。細薄的毛皮下傳來平穩而具有韻律的起伏，像一首古老的歌謠，反覆唱誦著生命之源的祕密，召喚她隱藏在體內的母性力量。

咚咚。

她的鼻尖碰觸到孩子柔軟的背脊、肚腹、脖子，感受著那有力的心跳。是的，這一團幼小的東西是活生生的！是來自於她體內的生命！

「孩子，我的孩子！」

瑪那忘情地伸出舌頭舔舐小牛溫熱脈動著的身體，氣味如向晚的露珠一般細密地滿布在輕軟柔嫩的毛皮上，不可思議的甘美從舌尖滑入喉嚨，點點滲入她的血液與全身。瑪那感覺到心臟在輕輕顫抖，汗毛都豎了起來，雙耳又酥又麻。母性的本能令瑪那的血液炙熱沸騰，使她忘記了生產的痛、忘記了天冷、忘記了此前的疑懼，忘記了莉姬的提醒。

她一口接著一口吃進小牛特有的氣味，從小巧的腦袋瓜子、小臉蛋、小腿筋、小肚臍到那條小尾巴，也將自己對愛的承諾與約定一口一口舔入小牛的五臟六腑裡。小牛接受著瑪那舌頭的愛撫，毛髮逐漸蓬軟，包裹起餘暉珍稀的溫暖。那顫巍巍支起的小身子蹭向瑪那，喉間呼呼嗚嗚地，想要回應媽媽。瑪那側過臉與小牛耳鬢廝磨，用鼻尖描繪這小巧的身體，一路深情緊貼直至屁股的尾端。

這是一個最重要的時刻，在斐勒麥梅多瑪的見證與祝福下——以一種立約誓言的虔誠，瑪那閉上雙眼親吻小牛氣味最濃厚的肛門，將這個氣味深深印記在自己的生命當中——從此往後，她將與這個生命緊密相連，直到最後一口呼吸。

一個名字在氣味的交織中浮現出來。

「孩子，我的孩子，你的名字叫做艾姆！」

一遍又一遍，瑪那輕聲呼喊這個屬於牛的、屬於氣味的名字，她接著舔舐艾姆的小屁股，繼續將自己的氣味融入艾姆的氣味當中。

「咕唔……」

小艾姆的喉嚨滑過一節可愛的咕噥聲，像是允諾了瑪那的愛與呼喚，並試著支起自己的屁股，想回應瑪那的鼻息。纖細的脛骨因使力而發著抖，比瑪那的心跳還快。

「親愛的我的艾姆，噢我親愛的阿夸！」

看艾姆如此健康、如此努力想要回應自己，瑪那高興極了。她歡欣鼓舞用力舔著艾姆的後腿以示鼓勵，將艾姆舔得左搖右晃，一下子又軟倒在瑪那的腿邊。柔軟的脖子靈活地左拐右彎，晃盪著腦袋尋覓媽媽的溫暖。

「別著急，媽媽會一直陪著你的！」

瑪那太喜歡這個孩子了！

她用舌頭細細地梳理艾姆的每一根毛髮。艾姆有一顆又圓又挺的好鼻子，小而巧的嘴巴，雪白的臉蛋和脖頸，大大的黑框圈住一對亮晶晶的眼兒，眼尾像牛角那般微翹起。那精神的黑耳朵毛多而尖長，胸背腰臀皆披著閃亮的黑皮膚，一路延伸至膝蓋。瑪那低頭親吻小艾姆腹部溫軟的小白毛，艾姆便搔癢地踢著四只小蹄子在地上打滾。瑪那沒有停下來，一路吻到那截俏皮短尾巴末梢的一撮雪白，一股青澀的雌性氣味便從屁股湧入鼻腔。

「我的艾姆是隻可愛的小母牛！」

瑪那歡呼，尾梢蓬得不能更高了。激動的情緒誘發產後的生理反應，瑪那感覺下腹又是一陣收縮，屁股一抬，一團沉重的東西便從身體裡排了出來。瑪那轉頭去嗅聞，明白那一團黑呼呼的玩意兒是自己身體的一部份，可以幫助自己供給最好的營養給艾姆。瑪那的乳房早就感覺鼓脹悶疼，奶水一滴一滴地落在雪地上，隨時準備好要給可愛的艾姆吸吮。

「艾姆，來呀，媽媽親愛的小寶貝。」

此時太陽已經下山，風更寒了，小艾姆的一對耳朵也漸漸變冷，四條腿微微發著抖。瑪那用舌頭舔舔艾姆的肩胛和髖骨提醒她運用肌肉的要訣，又用額頭去抵艾姆的尾根協助她使力。艾姆聰明靈慧，很快明白瑪那的教導，終於顫巍巍地站了起來，一步一晃地往瑪那的下腹湊了過來。

「咕唔……」

奶水滴落小艾姆的額頭，沿著曲線滑落至圓呼呼的鼻頭上。小艾姆聞到奶香舔了舔鼻子，眼睛發亮想說話。

「……媽」

「是的艾姆，我是媽媽！來吧，這些奶水都是給你的！」

瑪那高興地回應著，又用舌頭去頂艾姆的小屁股，催促她上前吸吮自己的奶頭。小艾姆果然聰穎，在瑪那的引導下很快便找到了其中一只乳頭歡快地吸了起來。瑪那感覺到乳房傳來一股令人欣喜的疼麻以及釋放的快感，乳腺一通，滿脹的奶水宛如急奔的溪流傾瀉，灑得艾姆滿臉滿身。艾姆似乎覺得好玩，咂咂嘴兒好奇地舔著舌頭嬉戲，才接著含住了瑪那的乳頭。溫熱的奶水咕嚥下肚，小蹄子便不再抖了。瑪那憐愛地看著艾姆安靜喝奶的表情好一會，才轉過頭去吃起那團黑呼呼的東西。即時的滋養讓她的奶水如湧泉般泊泊流出，帶來微微刺癢的幸福感。在這雪天裡，讓她滿身滿心都覺得如春日一般溫暖。

2

「艾姆！」

天還未亮，瑪那便驚醒了。她立即湊上鼻子在黑暗中尋找那刻印在她生命中的氣味。感受到艾姆的小身板正規律地起伏後，瑪那才慢慢穩住呼吸。

昨夜寒冷的草場上一派溫馨，大夥頂著風也要輪流給艾姆和瑪那獻上祝福。瑪那懷著感謝之情在艾芙們的包圍下一塊睡去。草區裡鼾聲四起，瑪那卻不知怎地睡得極不安穩。每當她醒來還未睜開眼睛，就著急去嗅聞艾姆的氣息，以確保她仍安睡在自己身旁。瑪那做了許多夢，個個都是關於艾姆不見了的噩夢，整晚反覆，次次汗流涔涔。

艾姆入睡前喝了不少奶水，此刻正安安穩穩地窩在瑪那身邊睡得香甜。瑪那反覆用鼻息確認艾姆身體的每個部位，直到艾姆在鼻息的搔癢下咕噥抖著蹄子，瑪那才憐惜地停下來。瑪那內心惶惶不安，但又捨不得吵醒熟睡中的艾姆。她朝天空嘆了口氣，定定心神試圖理解自己的焦慮。或許是因為阿吉與奈奈都不在身邊，或許是因為天氣太冷，又或許只是因為她第一次當媽媽，才有這過份的擔憂。

「或是因為人類……」

「不，不會的。」

瑪那反覆思量，找不到一個滿意的答案。眼見天邊晨曦漸光，瑪那知道自己該下決定了。她伸出舌頭舔了舔艾姆的小腦袋瓜，直覺告訴她，這樣想下去只會讓自己更加焦慮，但她也不應該就此忽視這些不安。這是做為一個媽媽、做為一隻大牛該有的承擔，她該相信自己的預感。比起什麼都不做，瑪那選擇相信生產時的本能，拿出行動來驅除這些不安。

「艾姆，我親愛的阿夸，該起床了。」

瑪那叫醒艾姆後柔聲說道：「你得離開這裡。」

瑪那將艾姆帶到草區內一條毒電線的隔欄旁，一個遠離人類、牛隻不常通行的區域。她再三向艾姆說明自己的用意，告訴艾姆分開只是暫時的。

「媽媽很愛很愛你，一定會回來找你，知道嗎？」

一遍又一遍，瑪那帶領艾姆重複自己的話，確認她明白自己的意思，還讓她完全熟稔自己的氣味與聲音。瑪那將艾姆舔得渾身厚厚一層口水，以自己的氣息包覆她，即便下起雨來也化不開。她告訴艾姆，在自己去找她或者呼喚她以前，都要躲得遠遠的。

天色漸漸亮了，瑪那開始給小艾姆哺乳，好為分離作足準備。艾姆一邊喝著，一邊發出咽咽的聲音，甚似為瑪那的決定感到委屈。

「不要害怕，媽媽一定會來找你。」

既然已經選擇要暫時與孩子分開，瑪那再怎麼依依不捨也不能展現出來。看著晨曦照映出天幕的一隅，瑪那的神情異常堅定，有如無雲的天空般澄澈。

她果決地將小艾姆推出草區之外。

「不會太久的。」

半刻鐘後，麥區和札里抵達了牧場。

「呼，好冷。」

札里將四輪車停在草區外，跳下車子搓了搓手。他拉開其中一段獨立的電線捲輪，給車子讓出了一條通道，也給草區到工廠開出了一條通道。

他走進草區裡，抬起手指了指不遠處的兩隻小牛說：「我看昨晚沒生幾個啊。」

「是啊，加上昨天下午一共才七隻。」麥區開著另一輛四輪車進入草區，重新掃視整個草區的地面，沒有看見其他小牛或是新落的胎盤。他翻開筆記本確認幾隻艾芙的預產期後說道：「我們還是檢查一下吧。」

說完便開始往牛群走去，在艾芙與艾芙之間梭巡，查看他們的陰部、腹部與髖骨的狀態。札里則追著一隻被繫上編號的小艾芙。不過才出生幾個時辰，小艾芙已經蹦蹦跳跳的了。當札里終於捉住小艾芙丟進籠子裡，麥區也發現一隻陰部腫脹開裂，腹部塌陷的牛。他抬起頭來看，是一隻頭頂著長角的牛。

「長角那隻終於卸貨了。」麥區冷靜地說道：「小牛大概生了一陣子，跑遠了。」

札里走到草區邊界張望，沒有看見小牛的影子。一陣寒風吹來，讓他攏緊了夾克。

「要不，我們還是先去擠奶吧。現在要擠奶的牛已經有三百多隻，時間要是拖長了，也是個問題。」札里說。

「好吧，我發封訊息給布爾曼先生，請他注意一下。或許擠完奶我們還得幫這隻牛鋸角呢。」

麥區和札里一前一後，將奶牛們限制在兩輛車之間，沿著電線所圍出的車道緩緩往工廠的方向前進。麥區打開了通往小牛棚的入口，而奶牛們則在札里的引導下進入擠奶工廠。當電線捲輪再次闔上草區的開口，便切斷了任何牛隻走回頭路的念頭。

「你這是什麼意思，今天才跟我說！」

麥區才進入小牛棚，正準備打聲招呼，便見到布爾曼先生正在和朵莉太太爭吵。只見布爾曼先生雙手插腰，語氣裡滿是質疑。

朵莉太太撇開視線，低下頭去摸一旁的小牛，聲音卻已藏不住情緒：「上週還沒事，喉嚨被餵食奶瓶挫傷也可能會慢慢好的啊。我就讓兒子體驗餵牛這麼一次，你有必要這麼苛薄嗎！」

麥區走向網籠，準備將今天出生的小牛抱進棚內，就聽布爾曼先生又氣又火地吼道：「行了，籠子留下我處理。你快去擠奶！」

麥區索性來到擠奶場與札里會合。雖然他原本還想問問鋸角的事，但牧場上的煩心事已經太多了，除了早上生產的奶牛外，他們還有數百隻已生產的奶牛在等待擠乳。

3

奈奈正在草地上奔跑，尋找著她的孩子。

她跑得很快，急急追向一輛拉著小房子的四輪車，往牧場的邊界跑去。這一次，她可不能再錯過了。她是一個媽媽，她的孩子要由她自己來保護。

這天早晨，奈奈遠遠就看見一隻小小的牛寶寶，孤伶伶地在遠處遊蕩。她走到草區邊緣，輕聲呼喚那個孩子，孩子很快注意過來，好奇地盯著她看。小牛很怕生，一開始只敢遠遠地待著。但奈奈對自己最有自信的可就是耐性了。隨著她一次次溫柔平緩的呼喚，孩子也慢慢卸下心房，朝這邊靠了過來。

「我是奈奈，可愛的小傢伙你有名字嗎？」

「艾姆……」

「可愛的艾姆，你的媽媽呢？」

「媽媽，媽媽很愛艾姆。」

「好孩子。」

奈奈想這孩子一定也和媽媽分開了，就像她和她的孩子一樣。想到那還來不及取名字就被人類帶走的孩子，奈奈心裡一陣一陣地疼得難受。

「媽媽，很愛艾姆。」

「艾姆，奈奈當你的媽媽，好不好哇？」

「媽媽，很愛艾姆。」

小艾姆重複說著，一邊往奈奈靠了過去，小小的身軀一搖一晃地，穿越隔欄的毒電線，進入了草區裡。奈奈很高興，湊過鼻子嗅聞艾姆，好認識她的氣味，卻馬上發現這股味道很熟悉。她用舌頭舔舐艾姆的小腦袋和小身子，立即便確認了孩子的身份。

「原來是瑪那的孩子。」

奈奈收回了舌頭，心裡充斥著各種擔憂。

瑪那在哪呢？怎麼會讓孩子獨自遊蕩在外？出了什麼事嗎？此刻若是自己的氣味覆蓋了瑪那的氣味，小傢伙會不會找不著媽媽呢？但要是小艾姆受涼生了病……

奈奈猶豫了一會，還是伸出溫熱的舌頭，繼續舔舐小艾姆的身體。

她說道：「小艾姆，奈奈會幫你找媽媽的，別擔心喔。」

「媽媽，媽媽……很愛艾姆。」

草區裡多了一隻小牛，不可能不引起奶牛們的注意。奈奈抬起頭，卻奇怪地發現大夥都刻意不往這邊看過來，也沒有誰上前與奈奈或小牛攀談。阿吉倒是一如既往，對這些奶牛異常的反應視若無睹，馬上走過來表達她的驚喜。

「嘿，這是哪裡來的可愛小傢伙！」

「這是瑪那的孩子……」奈奈回覆道。她沒有阿吉的欣喜，口氣裡全是擔憂。

「瑪那的孩子！太棒了！她沒像我那樣真是太好了！」

「這孩子身上滿滿都是瑪那的氣味……她真是幸運，還能為孩子命名呢。」

奈奈一邊說著，一邊回想起自己生產時的情況。

奈奈是他們三姊妹裡最早生下孩子的，也是艾芙之中較早生產的母牛。當時她對即將發生的事情毫無所察，就像那些和善的艾芙們一樣，對人類簡直沒有一絲戒心。更換草場的事情也沒有讓她太過焦慮，因為她滿心只掛念著一隻和自己血脈相連的小牛，腦海裡成天都是養兒育女的綺麗想像。奈奈太需要有一個孩子了。她曾想，要是自己能晚點破水，看過更多艾芙媽媽生產後所發生的事，她或許就能將孩子留在自己身邊。

「那太好了！」阿吉歡呼著然後說道：「但這孩子怎麼在這，瑪那……或者人類呢？」

「人類？」奈奈狐疑地問：「提他們做什麼？」

「布爾曼朵莉這裡不是由人類負責照顧小牛的嗎？」

「阿吉你在說什麼……」奈奈非常詫異阿吉竟有如此荒唐的發言。

「孩子就該跟媽媽待在一起！」奈奈驚叫著。

血脈相連的親密，是再多的親情與照顧都無法取代的。奈奈一直這樣覺得。即使奈奈在貝克牧場裡有許多家人，瑪那、阿吉和朵納阿姨也都待奈奈很好，但奈奈仍然感受到自己的生命缺失了重要的一角，才會總是被一股揮之不去的失落感給籠罩。

奈奈小時候體力不好，跟不上阿吉和瑪那的速度，又常常因為夢魘睡得不安穩而精神不濟。比起和瑪那、阿吉一起去冒險，她更時常待在朵納阿姨身邊，安靜在一旁陪著聽家人們閒話家常，一待就是一整天。

他們總是會說：「奈奈真乖，真是個好孩子。」奈奈自己卻不這樣認為。因為她知道自己雖然擅於安靜、擅於等待，卻無法忍受單獨。

奈奈失去了媽媽，失去了這世上唯一與她密不可分的存在。她害怕感受到只剩下自己這件事，所以她總是讓自己隸屬於團體。她擔心跟著去冒險會被拋下，所以寧願待在牛群最多的地方。她是多麼希望自己仍有一個媽媽，不論她去哪裡、發生了什麼，都不會留下她一個。

奈奈記得朵納阿姨迎接瑪那回家時的目光，記得那情不自禁舔弄瑪那毛髮時的模樣。

於是奈奈嚮往自己能成為一個媽媽。她渴望擁有一個切不斷的連繫，渴望擁有印記了彼此氣味的親情。

去年奈奈發現自己懷孕的時候，她心中沒有任何的疑懼。她歡欣鼓舞，認為腹中生命的到來全是因為她的誠心祈求。這個孩子是梅多瑪賜給她的禮物，她第一次覺得自己變得完整了。那在心中埋下許久的種籽，終於能夠發芽開出芬芳的花。奈奈知道自己一定能成為一個最好的媽媽，因為她的一生都在為這件事情做準備。

但她的孩子卻在她毫無所察的情況下被人類帶走了，她甚至只來得及親吻孩子的背脊。

「奈奈沒有辦法，奈奈永遠都……」即使只有那一瞬的親吻，奈奈已經牢牢記住了孩子的氣味。

「那好哇，我們可以帶這個孩子去找瑪那。」

阿吉沒有因奈奈的激動而驚訝，她矮下身去面向小牛，「嘿小傢伙，你的媽媽我可熟了。跟著阿吉我，包準幫你找到媽媽。」語氣是難得一見的輕柔。

「媽媽，媽媽很愛艾姆。」小傢伙唱著。

「嘿是嘛，那真是太好啦！」阿吉搖搖耳朵。

「親愛的小艾姆，沒有被奈奈嚇著吧？」奈奈也立即放軟了神態，親親小艾姆的額頭道：「奈奈最喜歡小牛了，在找到媽媽前，奈奈會好好照顧你的。」

奈奈說著，開始思量要怎麼讓瑪那和艾姆相聚。瑪那就在牧場的另一邊，可是她該怎麼過去呢？

「隆隆嘟隆隆……」

一遠一近，兩輛四輪車的聲音從不同方向往這裡駛來，奈奈和阿吉將艾姆圍在中間，坐臥於艾姆的兩旁，想遮蔽她的氣味與身形。他們一個顧前一個顧後，注意著來自隔欄外與草場內的動靜。

「咯啦咯啦……」

札里將草區打開了一個不小的口，所有的母牛都知道該怎麼做。有的擠乳經驗豐富，有的雖然初次生產，卻也經歷了十幾天的學習模仿。大夥紛紛朝開口的方向走去，準備到工廠裡接受擠乳。除了可以舒緩乳脹的不適，還可在那兒品嚐一點新鮮的種籽粉。

「嘿奈奈，草區打開了。」阿吉說。

一聽見咯啦聲，姊妹倆的唾液便開始分泌，感受到一股難耐的飢餓。他們本能地想跟著大夥一起移動，但仍然努力克制了下來。

「嘿奈奈，札里往這裡過來了。」阿吉又說。

此時阿吉對著草區開口的方向，看見札里將四輪車騎進草區，沿著草區的邊緣巡視。每次擠奶時，他們總是會這麼做，好確保草區內所有的奶牛都前往工廠。不久後肯定要巡到姊妹倆所在的位置。

「奈奈這邊也……啊，是布爾曼……沒事的，沒事的……」

奈奈對著隔欄，看見另一輛四輪車飛快駛近，原來是布爾曼在隔壁的草場上行進。

她焦慮不安地按耐住自己想要撒腿的衝動，不斷舔舐著艾姆的小腦袋。

布爾曼的速度很快，眼見就要路過這裡往牧場邊界駛去，卻在不到一步距離時猛地剎車：「居然漏了一隻在這，跑真遠。」

奈奈被那如掠食者般的氣勢驚得心臟怦怦直跳，全身汗毛豎起，艾姆也嚇得立馬蹦了起來，踢踏著小蹄子就想跑。此時布爾曼車後拉著的東西也隨著加速度打橫，停在僅距離一個隔欄的地方。

「是那個抓小牛的房子！」奈奈驚呼。

布爾曼一步跨下車子，再一步踩上了隔欄的鐵線，隔欄頓時變形矮了下去。他一腳跨進了草區裡頭，大手一揮，就要去撈可愛的小艾姆！

「不行！不可以！」

奈奈立刻站了起來面向布爾曼，阿吉也起身想要阻攔，但布爾曼卻輕輕鬆鬆繞過了他們，沒幾步便逮住艾姆的小屁股。

「艾姆，快逃呀！」奈奈心急得疼了，就像被毒電線螫過似的。見布爾曼雙手一抬，撈準小牛最柔軟無力的腹部，把艾姆輕輕鬆鬆拋進了小房子，奈奈不肯放棄，她追了過去，隔著小房子的金屬格子呼喚艾姆。但那鼻尖上碰著的氣味，卻使她剎時間腦袋一片空白。

「這是……」

「隆隆嘟隆隆……」

眼前車子已經開走，身後的車子緊逼在後。那一瞬間奈奈聞到的，是她日思夜夢的氣味。

「是我的孩子！」

不是小艾姆，而是她的孩子的氣味！

奈奈循著氣味追了上去。

另一個故事

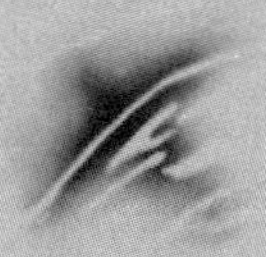

一切不過都是為了獲得好處。

就像我們也想從長生草獲得好處一樣。

1

瑪那被獨自留在一塊鐵欄杆圍起來的小地方，焦急不安地往來時的方向望，渴望能馬上回到小艾姆的身邊。瑪那失算了，她早在出發時便向隔欄那側的奶牛打聽，以為事情結束後，自己很快就能和其它奶牛一樣，回到草場的某處去。就算是回到不同的草區，或許也不會離艾姆太遠。她耐著性子接受在旋轉房間裡的各種古怪，就是為了能早點回去，卻不知怎地被單獨留了下來。

此時，距離與小艾姆分開已經有幾個時辰了。瑪那非常擔心，腦海裡全都是艾姆小小的身子在雪天裡瑟瑟發抖的模樣。她的艾姆餓著了嗎？牧場上有任何遮風避雨的地方嗎？她真不該把艾姆獨自留在草場外的，她或許該把艾姆託給其它有經驗的奶牛，譬如那個叫做莉姬的奶牛。與艾姆分離的每一秒鐘，她的不安都宛如樹梢上最後一片葉子，懸在癲狂的風裡搖搖欲墜。

瑪那萬分自責，即使她明白自己對任何選擇都沒有絕對的把握，她還是堅信其中一種選擇會使她與艾姆團聚。瑪那開始懊悔自己輕信於奶牛，竟沒有在到達那個會旋轉的房間以前，尋找可能返回草場的機會。畢竟，發生的事情與她的想像大相逕庭，太多的聲音、氣味與從沒有過的刺激，攪得她惶惶焦急的腦袋更加混亂。或許就是因為這樣，她才沒能跟上其他奶牛的腳步回到草場上去。

他們首先被札里趕進了一片又白又硬的圓形廣場。領前的奶牛看出瑪那的徬徨，便讓瑪那跟著她有樣學樣。他們沿著一條僅能容納一牛的小徑，進入陰暗潮濕的房間，最後竟走進一個無路可回的小隔間裡。

「嗯嗯嗯……」

此時房間地面緩緩旋轉起來，瑪那這才想起一年以前在這個房間的經歷。在旋轉房間的帶領下，瑪那經過一個朝上方延伸的小洞。

「嗡……」隨著低沉的轟鳴，一團東西突然掉在瑪那眼前的金屬凹槽中。

「什麼東西！」

瑪那嚇了一跳，本能地想往後退去。卻發現腿後不知什麼時候抵了個東西，讓她退無可退。她緊張地往左側剛才帶領她的母牛看去，卻見母牛正津津有味地吃著東西，十分放鬆地邊吃邊開始上起廁所來。瑪那低頭嗅聞，原來是一團種籽粉。瑪那沒有什麼胃口。她看向右側另一邊隔間裡的牛隻，此時正發出陣陣情緒激動的酸澀氣味。瑪那認識這隻牛，她是今早不久前才剛生下小牛的艾芙，此時正輕輕打著顫，似乎還在經歷產後腹部的持續收縮與疼痛。瑪那雖是自顧不暇，但見她這副難受的模樣仍想試著安慰她，卻突然感覺自己的四個乳頭不知道被誰觸摸了。

瑪那立即抗拒地踢了踢腿，但那抵著腿的東西角度刁鑽，她的腿怎麼也只能抬起丁點高度。瑪那吃力地在小小的隔間裡扭過頭，眼角餘光裡，瑪那看見札里正站在她身後下方的位置，不知道在對她的胸脯搗弄什麼。札里很快移到隔壁艾芙的身後，艾芙受到驚嚇，激動地抬起前蹄，跨在金屬槽上發出「吭吭」尖銳的金屬敲擊聲。

「吭吭，吭吭吭。」

近在咫尺的可怕聲響貫穿耳鼓，瑪那想轉身離開，她焦躁地在小隔間裡扭動著，卻哪兒也去不了。瑪那明白了艾芙的意圖，她大概正是想趕走觸摸她乳頭的傢伙。沒有哪隻牛會喜歡這種噪音，但似乎卻對人類不起作用。瑪那已經給艾姆餵過了奶，能明白首次餵奶時的刺疼，艾芙肯定不願意給小牛以外的誰觸碰她的乳頭。

只見艾芙扭曲著臉將背脊高高拱起，又是一陣顫抖後，排出了體內那團用以滋補的黑呼東西。

「咻咻咻……」

一個從沒聽過的聲音從左後方傳來，麥區不知何時來到左側的奶牛身後，就像札里一樣拿著奇怪的東西觸碰奶牛的乳房。麥區接著走向自己，瑪那想看個仔細，但不論她怎麼扭頭，也只能看見麥區的手在她腿邊上上下下。那個「咻咻」的怪聲很快也在瑪那身後響起，緊接著一股奇異的吸力便貼上乳頭，瑪那感覺到奶水快速地從乳房往外衝，但卻一點沒聞到奶水的氣味。那詭異的感覺更勝於陰部被觸摸的時候。

「不要！」

瑪那忍不住驚叫出聲。身體不受控制快速消瘦的感覺，讓瑪那覺得怪可怕。好像整個身體都要被奪走，都要消失殆盡了似的。她還想要見見她的小艾姆啊！

「親愛的，別緊張。一會兒就會過去了。」一旁的奶牛溫柔而鎮定地說道。見奶牛如此平靜，瑪那喘了幾口氣重新感受自己的身體。她的乳頭像是被一只極巨大的蜘蛛怪給咬住，四條冰冷的蜘蛛腿跨在乳房下方，一抖一抖不安份地拉聳著腳，似是富有節奏地編織著蛛網。雖然習慣之後並不怎麼疼，但感覺還是相當不舒服。

「這是怎麼回事？」瑪那向奶牛問道。

「親愛的，主人只是在拿走我們的奶。」奶牛回答。

「為什麼？」

「因為他們要喝奶呀。」

「他們為什麼不喝自己的奶，要喝我們的奶？」

「親愛的，因為人是弱小的動物，而我們是大牛。」

「我們是大牛……」

瑪那似乎明白了，又似乎並不明白。大牛產奶，就應該給人喝嗎？

「嗯嗯嗯……」

房間的地板再次旋轉起來，奶牛開口說道：「親愛的，現在我們可以回草場了。等會吃完長生草再來找我吧，我會細細說給你聽的。」

「好，我叫做瑪那。」

「叫我歐娜吧，親愛的。」

原來隔壁那隻鎮定的奶牛，就是母牛們敬稱為「歐娜姐」的奶牛。

於是從小隔間出來後，瑪那緊跟著對方的身影，卻不知怎地就是無法通過歐娜姐才走過的那條路。瑪那驚慌地想著她的小艾姆，拼命往阻擋去路的金屬欄杆衝，卻怎麼也過不去。最後到了現在這個令她不太舒服，充滿各種血腥味與多種刺苦氣味的小地方。

瑪那站在欄杆旁來來回回觀察著不遠處的草場。她翹首遠望，脖子都要拉伸成一棵樹了。此時最令她掛心的自然不是歐娜姐，而是她可愛的孩子艾姆。

「隆隆！嘟隆嘟隆！隆！」

遠方傳來又急又尖的四輪車聲和人類憤怒的喧嘩聲，持續了一段時間。牧場裡各處的牛群也因此微微騷動起來。瑪那高高豎起耳朵對著聲音的來向，內心的不安越來越深。

「會不會是艾姆怎麼了……」

瑪那有不好的預感。她抬起前蹄，試圖跨越欄杆，一次又一次碰碰地撞擊在金屬桿上，但只換來一身的痠疼。

不久後，麥區和札里騎著車過來，氣味都相當糟糕。他們後面緊跟著一大群牛，全都走進了那片又白又硬的圓形廣場中，和瑪那這塊小地方僅隔著幾道鐵欄杆。從一大群牛的喧鬧與紛雜之中，瑪那驚喜地發現熟悉的味道。

「阿吉！奈……奈奈！」

瑪那高聲呼喚她的好姊妹，卻在當間產生了遲疑。她仔細嗅聞起來，以確定自己並沒有認錯。

「確實是奈奈……」

和平時那股清淡得像輕毛花，風一吹便會散開般的味道大相逕庭，此時奈奈的氣味濃烈，卻好像少了重要的一味。牛通常在情緒激動或生了病時，氣味才會變得比較濃。但奈奈的味道聞上去並不像生氣或生病那樣帶點刺鼻的酸，反而是少了一點……活生生的氣息。瑪那突然想起剛來這個牧場時，遇見那些艾芙們的感受。

「嘿瑪那！見到你真是太好了！」

阿吉擠在牛群中，硬是蹬起前蹄跨上前面的奶牛。她抬高自己的身子望向瑪那，向瑪那搖了搖耳朵說：「我和奈奈見到你的孩子了！」

瑪那一下子飛撲在欄杆上，整個身子都壓進了欄杆的縫隙裡。

她急切地喊道：「在哪！她還好嗎？她餓著沒有？她冷嗎？」

「嗯嗯……嗡……咻咻咻」

奇怪的房間又開始旋轉運作起來，發出重複而怪裡怪氣的聲音。

「我們試著留下她，但是……」阿吉拉開嗓門高聲回應，但沒一會便因前面的奶牛掙著向前走，而滑落下去。

阿吉沒說完的話讓瑪那焦急萬分，短暫的沉默使她的心律失控。望著眼前這滿滿擠在一起的牛群，瑪那覺得頭暈目眩。

「她……她怎麼了？」瑪那鼓起勇氣再次大聲喊道。可牛群裡卻是一片沉默，只有瑪那前蹄跨在欄杆上的撞擊聲，混在旋轉房間裡詭異而規律的迴聲中。

半晌後，一個熟悉又陌生的聲音響起，不帶一點生氣。

「被帶走了。」是奈奈。

瑪那高高懸著的心瞬間凋零，宛如落葉被一腳踏入泥沼之中，變得萎靡不堪。在一團混沌之中，阿吉的聲音緩緩從牛群中傳出：「嘿瑪那……別擔心，他們會照顧好她的。」

阿吉說得很慢，瑪那聽得出阿吉正勉力安慰自己，但瑪那一時半刻無法給出任何應答。她低垂著一顆腦袋沉默良久，裡頭裝著的全是與艾姆短暫而美好的親密時光。不過，小艾姆能夠依靠的就只有自己呀，身為媽媽怎麼能放棄任何一點希望呢！

想通了這一點，瑪那又抬起頭來。她朝著牛群、朝著房間喊道：

「不，我會找到她的！」

然而阿吉和奈奈或許已經進入那個吵鬧的房間，瑪那沒有聽見任何回應。

只有重複且沒有情感的嗯嗡聲，迴盪在潮濕的空氣裡。

2

那天瑪那直至落日後，才被放出這鐵欄杆圍起來的小地方，來到新的草區。她抱著一絲希望來到隔欄邊不斷呼喚艾姆的名字，直到她終於支撐不住而睡了過去。

睡夢中，瑪那恍惚聽見一些斷斷續續的聲音：

「放下吧……」

「奧洛絲……」

聽來充滿憂傷，卻模模糊糊的，好像來自很遠、很遠的另一個世界。

隔日天還未亮，瑪那還在沉睡時，便因四輪車低沉的嘟隆聲而醒了過來。她摸黑憑著氣味迷迷糊糊地跟著大夥移動，再次來到那個旋轉的房間，並再次和七八十隻母牛們一起被咻咻低吼的蜘蛛怪吸取奶水。瑪那反抗未果，有氣無力地吃著金屬槽裡的種籽粉，感覺被吸盡奶水的乳房乾癟得有些疼。她好想念艾姆溫軟的小舌頭。

回到草場後，新的草區不知何時已經開啟。瑪那意興闌珊地吃著長生草，感受腹內的飢餓與噁心在胃囊裡爭起地盤來。產奶消耗了自己大量的體力，瑪那的身體感到飢餓，叫囂著需要吃進比平日更多得多的草料；失去艾姆的難受卻讓她感到噁心，像根泡在泥巴裡生病腐朽的楞樹樁，從空洞的樹心裡，泌出酸腐的氣味兒。

「親愛的，你來了。」一隻奶牛往瑪那這裡走了過來，一路牽引著眾牛的目光。瑪那認出那是昨天在怪房間裡帶領她的母牛，歐娜姐。

「你看起來不太有精神，發生什麼事情了嗎？」

歐娜姐的氣息溫暖而大度，一看就是經歷過許多事情的成熟模樣，牧場上的奶牛們似乎都很尊敬她。瑪那估計歐娜姐雖然比爺爺年輕，但不論在布爾曼朵莉或是貝克牧場，都能算得上是一個了不得的長者了。想到這位歐娜姊可能也像爺爺一樣知道梅多瑪的故事，像爺爺一樣溫柔又有智慧，瑪那感覺有幾分親近，不由得卸下了心防。

「我的孩子被帶走了，我很想念她。」瑪那說道。

「親愛的，你一定很傷心……」歐娜姐靠過去舔了舔瑪那的背，「我明白的，第一次都是這樣。」

「歐娜姐曾經歷過很多次嗎？」瑪那接受了歐娜姐的安撫。

「是啊，親愛的，所有的奶牛都在這種無盡的循環裡受罪，直到我們放下自己的驕傲與執著。」歐娜姐依舊溫柔地笑著，「慢慢會好的，一切不過是幻象，親愛的。」

「幻象？」瑪那很疑惑。

「是的，親愛的，跟我來吧。」歐娜姐面朝著草區裡一個鋪著陽光的角落，扭頭看著瑪那說：「我們找個舒服的地方坐下，我給你說說斐勒麥梅多瑪的故事，一個關於我們奶牛的故事。」

瑪那跟著歐娜姐在草地上坐下來，享受牛群裡的特權，在陽光珍稀的天氣裡汲取難得的溫暖。

歐娜姐將耳朵後攏，讓陽光灑在她的眼瞼上，神情就像是在和天空說話。開口時聲音輕柔，帶著一股淡淡的憂傷。

很久很久以前，牛和鳥兒都會飛翔，自由自在可以去任何想去的地方。

那個時候，世界沒有天與地的分別，所有的生命都住在同一個故鄉——美麗的斐勒麥梅多瑪。梅多瑪有河流、山谷與草地，由太陽與月娘輪流照顧其中的生命萬物，因為他們有這個能力。月娘的腹中有一個梅多瑪的孩子，並經常和她的好友大牛奧洛絲談論哺育孩子的美好未來。奧洛絲非常羨慕月娘有一個孩子，於是當月娘終於生下這個孩子時，奧洛絲帶走了孩子，卻因為沒有奶水可以哺育而讓孩子夭折了。

沒有了孩子的月娘非常傷心，她日日以淚洗面，性情也變得多變且古怪，使整個梅多瑪氾濫成災，還奪走了奧洛絲美麗的翅膀。為了平息這場災難，梅多瑪用一條布幕將世界給隔成了天與地，並使奧洛絲也有了奶水。從此，太陽與月娘被規定只能待在天上，而沒有了翅膀的奧洛絲只好留在地面生活。

「這個故事好像和我以前聽到的不太一樣……」瑪那遲疑而小心地打斷了歐娜姐的聲音。

「親愛的，你聽過的故事是如何，你願意說給我聽嗎？」歐娜姐並不在意瑪那打斷她，也不驚訝瑪那以前曾經聽過這個故事。她極有耐心地詢問瑪那，並在瑪那將貝克牧場的梅多瑪故事說了一遍時，仔細聆聽。

「奧洛絲沒有帶走月娘的孩子，她是為了照顧其他弱小的生命才到大地上生活的。」

「親愛的，你說的這個故事我也曾聽過，可惜那並不完整。」歐娜姐繼續說道，口氣變得更加輕柔且緩慢。

她問：「你有想過，月娘的孩子為什麼會不見嗎？」

瑪那沒有想過，她不知道答案。

「但不可能是奧洛絲……」瑪那認為任何一隻大牛都不可能會做出這樣的事情。可是這個她無法回答的問題，還是讓她感到有些慌張。

歐娜姐等待瑪那的氣息安靜下來後，再次開口說道：「而且親愛的，照顧弱小的生命是我們該做的，但卻不是我們在這裡的原因。」

「那會是什麼原因？」瑪那的聲音悶悶的。

「這就是我接下來要說的。親愛的，你想繼續聽嗎？」歐娜姐的微笑更深了，瑪那卻突然感覺有些不知所措。

「好……」瑪那給了一個遲疑的肯定，耳朵卻誠實地翻了翻。

「沒有關係，親愛的。」歐娜姐將瑪那的反應看在眼裡，了然於心地說道：「等你準備好聽接下來的故事，歐娜姐隨時歡迎你。」

「歐娜，瑪那。」

此時一個客氣卻清冷的聲音響起，瑪那扭頭看過去，是莉姬；她看上去十分疲憊。

「歐娜，我找這位姑娘有事，你不介意吧？」

歐娜姐搖搖耳朵說：「請吧，親愛的。」

瑪那跟著莉姬沉重的腳步離開，莉姬卻一路保持沉默。在失去艾姆後，瑪那能夠感同莉姬無言中透露的沉痛，靜靜地隨她前往另一處遠離其他奶牛的草場。

開口前，莉姬長長吁了口氣：「歐娜都跟你聊了什麼？」

「她在給我講斐勒麥梅多瑪的故事。」

「你相信嗎？」

瑪那猶豫了，不確定該怎麼回答。她當然更喜歡爺爺給她說的故事，但歐娜姐說爺爺的故事並不完整，又讓瑪那感到相當在意。

看瑪那半信半疑的神色，莉姬勾起淡淡的笑意，並邀請瑪那一同臥坐下來。當她再次開口時，語氣已經如常沉穩。

「歐娜是這個牧場上年紀最長的奶牛，大夥都很尊敬她。」莉姬頓了頓後，又接著說下去：「歐娜她對誰都很好，我實在無意批評她，但是……」她再吁了口氣：「我就是不太相信那個梅多瑪什麼的。」

「全都不相信嗎？」

雖然瑪那對歐娜姐說的話半信半疑，但聽到莉姬這麼說，瑪那仍感到有些失落，因為在她心裡，梅多瑪是真實存在的。

「嗯……」莉姬想了想後說：「除非有誰能證明那些黑白色的飛鳥，真的就是牛變成的吧。」

「什麼？」瑪那瞠目結舌，「牛會變成鳥嗎？」

「你還沒聽完那故事？」看見瑪那吃驚的模樣，莉姬顯得很愉悅：「不聽也罷，是不是難以置信？」

「嗯唔。」瑪那含糊地應了莉姬，腦海中卻浮現碧西斯去世的頭幾天裡，她經常看見的那隻身型飽滿的大鳥，那翅膀又長又寬，羽色黑白，而且是右半邊黑、左半邊白，就和碧西斯的臉一樣。

莉姬高興瑪那沒有像其他奶牛一樣全信了那個故事，還聽得進她所說的話。她已經很久沒有一個這樣的說話對象了。她清了清嗓子，像是準備要進行一場演說。

「那麼這位姑娘，就讓你了解一下我在布爾曼朵莉觀察到的事。或許，會比牛變成鳥更難相信喔。怎麼樣？」

「好。」瑪那答得毫不猶豫。

她拉長了耳朵，饒有興致地盯著莉姬看，期待莉姬會告訴她，什麼方法可以找到她的小艾姆。

「第一，毒電線是人類做出來的。他們提供並且控制我們的食物。」

「第二，若我們生病、受傷，人類會試著照顧或者幫助我們。」

「嗯，我相信。」

想到阿吉，瑪那就覺得麥區和札里是可以信任的。雖然瑪那已經開始相信毒電線就如碧西斯、如莉姬所言，是人類弄出來的。但至少他們到這裡之後，大部份時間都還是可以待在一起生活，人類並沒有傷害他們的意思。

只是艾姆呢，他們到底為什麼要帶走她……

莉姬繼續說下去。

「第三，他們一直在收集我們的奶水。」

「第四，他們收集奶水有部份是為了喝，我至少有五次見過他們這麼做。」

「這個歐娜姐也有提過。」瑪那猶豫著問道：「可是，我還是不明白……」

莉姬搖著耳朵回答：「目前還不曉得他們收集這麼多奶水是為什麼，或許理由不只一個。但如果只是為了喝點奶，他們何必把孩子給帶走？」

「嗯，對！」雖然還有許多疑惑，但瑪那相當同意莉姬的觀點。瑪那的耳朵已經搖成了啾兒雀的翅膀，催促著莉姬繼續說下去。

「第五，無法產奶的奶牛，不論年紀、氣味、身形，都會被人類帶去別的地方，沒有一個回來過。」

「被帶去別的地方不好嗎？」瑪那問。

她之前也問過莉姬同樣的問題。她的好友碧西斯是多麼想去別的地方啊。

「不知道。」莉姬回答：「但我傾向往不好的那一面思考。」

「會不會是他們生了病？」

在貝克牧場，生病的牛往往會自己離群索居一段時間，但在這兒可做不到這一點。

「如果不能產奶算是生病的話。」莉姬答道。

「不能產奶……那公牛怎麼辦呢？」瑪那一出口，才又想起莉姬並沒有見過公牛。但莉姬只是扭了一下耳朵便接著說了下去。

「你是否還記得，上次我說不知道人類到底是好還是壞？」

「記得。」

莉姬猶疑了一會，換了個看似完全無關的話題。

「你知道那種三節圓球的小蟲子嗎？」

「你是說食甜蟲？」瑪那問。

「對。」莉姬接著解釋：「我推測，人類與我們的關係有點像食甜蟲與蜜球蟲。食甜蟲會保護蜜球蟲不受傷，然後吃蜜球蟲分泌的甜蜜。而無法產出甜蜜的蜜球蟲，就不會受到食甜蟲的保護。」

瑪那想了想。「但蜜球蟲的食物是花草汁，不是食甜蟲提供的。」

「所以只能說有點像。」

見瑪那的耳朵猶疑而輕緩地搖動，莉姬決定先說到這裡。

「總之，這些目前還只是推測。我只是想說，我不認為人類可以用好壞做區別，一切不過都是為了獲得好處。就像我們也想從長生草獲得好處一樣。」

「一樣嗎？」瑪那心裡對此感到懷疑。她還在岔神思考呢，莉姬又一句話將瑪那的希望給踱進了泥巴裡。

「最後一點，我想也是你最難相信的一點。畢竟你那個貝克牧場不是這樣。」莉姬說：「在這裡，小牛一定會被帶走，從來沒有一隻小牛能和媽媽待在一塊。」

「不會的！」瑪那立即否認了這一點。她全身汗毛豎起，激動得直接跳了起來。

她喊道：「我一定會找到我的艾姆的！」

「你還是舔了那個孩子。」莉姬輕嘆，「我可是警告過你了。」

瑪那大口喘息著。她知道自己反應過度了。

「要是我那天能早點回到草場，艾姆肯定不會讓布爾曼抓去的！」

「會的，這是我驗證過的經驗。」莉姬說。

瑪那一愣，激動的情緒一下子沒了力氣。

「莉姬姐，你也試過讓小牛穿越隔欄嗎？」

莉姬沒有答話，但憂傷的眼神卻出賣了她。瑪那重新慢慢坐下來，挪動身子輕輕靠在莉姬的身邊。

「試了幾次？」

「三次。」

瑪那簡直無法想像。

莉姬無力地嘆了一口氣，聲音也突然沙啞起來：「在這裡的奶牛都是這樣。懷孕、生孩子、孩子被帶走，然後……」看那顫動個不停的身軀，瑪那為彼此的遭遇感到心疼。瑪那不再說話，就這樣陪莉姬安安靜靜坐著，一直到太陽都過了頂。

而人類又來收集他們的奶水了。

3

「嗯嗯……嗡」

瑪那等種籽粉從上方的小洞落下來後，有一搭沒一搭地吃著。這大概是來這個旋轉房間的唯一好處。雖然草區內也有一個盛著種籽粉的小車，但和大夥共享總免不了氣味相互干擾。以往艾芙們讓著瑪那，現在可不同了，先享用的肯定是長者，於是小車裡的種籽粉嚐起來總是多了幾股味。瑪那還不十分認識這群奶牛，這也使她吃著粉時總覺得不太自在。

「咻咻咻……」

聽見這個聲音，瑪那做好了乳頭將被觸摸的心理準備。蜘蛛怪也如她預期般，很快在她乳房底下奮力織起網來。

每次擠奶，瑪那總會回想起小艾姆天真可愛喊著媽媽的模樣。她好想念好想念艾姆，每晚都在隔欄邊呼喚她直到睡去。

瑪那低下頭繼續吃起種籽粉，眼角餘光突然瞟見數個小小的黑影在上空閃過。一隻啾兒雀落在她眼前，左晃一下、右歪一下，蹦蹦跳跳觀察著她，接著便大大方方吃起她眼前這堆種籽粉。

瑪那抬眼望去，發現此時房間裡有為數不少的啾兒雀，都站在金屬的食槽邊上，一顆一粒地啄食著邊邊角角的種籽粉。她又看回眼前，這隻啾兒雀正在將整個身子埋入種籽粉堆裡，露出半球白胖得蓋不住的肚囊和一截又黑又翹的尾羽，又上又下地搖擺著，完全無視瑪那的目光。牛對於認牛很在行，但認這麼小隻的啾兒雀可不太擅長，在瑪那的鼻子裡，啾兒雀似乎都聞起來差不多。

「不過這麼貪吃的，也只有他了吧。」

瑪那一邊壞笑著，一邊嘔出一舌頭的口水，接著便用那長長的舌頭將粉堆裡的啾兒雀給捲了出來。

「啾！嘰嘰嘰啾！」

沾了滿身牛口水和種籽粉的啾兒雀奮力地拍打著翅膀，卻沒有飛走的意思。藉著舌頭上的氣味，瑪那這才篤定，他就是那個轉冬的日子裡，被自己救下的啾兒雀——冰兒。這個名字是瑪那給他取的。

「你怎麼變得這麼胖。」瑪那笑道：「不過是那天餓了一晚上，你不會吃了一個月吧？」

將近一個月，瑪那很久沒見到冰兒了。

「啾誰胖！」冰兒馬上跳起來回嘴：「嘰只怕冷！」

「還說呢，就你一隻啾兒雀鑽進種籽粉堆裡，這麼貪吃。」

「嘰不貪吃！」冰兒再次為自己辯護：「嘰怕嘰再凍腳腳！」

瑪那想了想，這意思應該是指害怕再次凍住了腳，所以不敢再站在金屬邊上了。

「凍傷都好了嗎？」瑪那問。

「啾。謝謝。」

「有貝克牧場的消息了？」

瑪那還記得那天清晨救下冰兒，交換的條件是「好好學習牛語，幫我找找家人」。在那之後，冰兒曾回頭問過瑪那怎麼找，讓瑪那苦惱了好一陣子。與對氣味敏銳的大牛不同，鳥類和人類一樣，是眼睛特別好的一群。在他們大牛看來，牛的花色是年紀越大越複雜難辨，除非像碧西斯那樣獨具特色，否則真不適合做為辨識的依據。而就像牛沒辦法說出啾兒雀的名字，冰兒也沒辦法說出牛的名字。於是瑪那只能先給冰兒形容貝克牧場的樣子了。

「嘰花多多多多多多多時間，啾於找到了！」冰兒從種籽粉堆裡昂起一顆小腦袋，一副很了不起的模樣。

確實很了不起，瑪那也這麼覺得。將近一個月的時間，對於只有三年左右壽命的啾兒雀來說，真的非常珍貴。

「真是謝謝你了，冰兒。」瑪那緊接著問：「怎麼樣呢？」

「啾沒牛，啾沒羊，啾沒花，只啾小小樹樹樹樹樹樹樹樹。」

冰兒的意思應該是那裡沒有看見任何牛，也沒有看見任何羊，甚至黃花山坡也不見蹤影，只有小小的樹苗種滿了整個山谷。

「嘶……」

瑪那正想接著問，卻突然感覺乳房一陣刺痛，原來是她飽脹的乳房又被吸了個徹底。瑪那用力踢了踢抬不起來的腿，蜘蛛怪便咻咻叫著離開了。

「你確定那是貝克牧場嗎？」瑪那很懷疑。

「嘰問問問問朋友，飛飛上樹遇烏鴉，啾是。」

「烏鴉？」瑪那怔了怔，「難道是貝克牧場上狡猾的烏鴉先生？」

「烏鴉啾啾不吃嘰，還教嘰牛語。好好好好好好！」

冰兒拍拍翅膀挺著小胸脯，正視著瑪那的一隻眼睛，一副不容質疑的模樣。瑪那看出冰兒尊敬烏鴉先生，心裡突然感到有些古怪。她想起烏鴉先生的談笑風生，和那隻生病的羊。

瑪那不自在地抖了抖皮毛說：「你的牛語進步很多，看來烏鴉先生教了你不少。那他可知道貝克牧場出了什麼事嗎？」

「啾老人啾病病病，啾孩兒啾樹樹樹。啾沒牛，啾沒羊，啾~是樹。」

冰兒說罷時，房間的旋轉地板已帶著他們迎向出口。室外天空的光線照進瑪那所在的隔間裡，也照亮了冰兒小小卻篤定的眼神。瑪那琢磨著冰兒的話，想到一病不起的貝克先生、被兒子種得滿是樹苗的山坡，和再也看不見牛、看不見羊，再也不像個家的貝克牧場，心裡空蕩蕩的很是難受。

「好，我知道了。辛苦你了，冰兒。」瑪那嘆了口氣，退出隔間往草場走去。

與貝克牧場的家人分離至今，瑪那清楚明白要想再度一起生活是不可能了。如今的她已經能照顧好自己，還有一個與她血濃於水的生命在等著她。她再也不是過去備受疼愛的小瑪那，而是一個媽媽。現在的瑪那，為了照顧小艾姆絕不會輕易離開這裡。

但即使是分離在不同的地方，她還是想知道貝克牧場的家人們，爺爺，媽媽，阿姨和叔叔們，大夥是不是都安好。只是現在，家曾在的那個地方，也已經沒有了。

「啾啾啾嘰！」冰兒卻在此時飛了過來，停在瑪那長長的角上。

他橫向跳了幾腳往瑪那的臉湊近了些，歪著頭然後說：「啾真真真想知？」

「嗯？」

瑪那一邊往前走，一邊感受冰兒在角上的重量。這幾乎是瑪那第一次感覺到角上有異物附著，就像是她身體的一部份——肩膀，或著前腿——給什麼東西壓住了，讓她走路都變得有些不穩。

「嘰答應啾找家人！」冰兒再次開口。

瑪那聽懂了冰兒的意思，她說：「當然是真的想知道啊。」

「啾真真真真真真想知？」

「對。」

「嘰知道。」

「真的嗎！」瑪那驚喜地叫出聲：「冰兒你太厲害了！快告訴我他們在哪？他們好嗎？」瑪那一高興，一對大耳不由自主地上下搖擺著。

「嘰嘰嘰嘰嘰。」冰兒發出了啾兒雀特有的笑聲，一邊揮動翅膀，好平衡一下那被大耳朵給搧偏了的重心。他挺了挺胸脯說：「啾兒雀，消息多多多多多多多多多多多！」

瑪那平時覺得這聲音特別吵，現在卻覺得十分悅耳，「你這個調皮鬼還吊我胃口呢！」

冰兒聽了卻歪著腦袋突然不說話了。

「啾真真真真真真真真真想知？」

「是啊，怎麼了嗎？」

「啾家人，啾死了。」冰兒接著說：「人類，危險，遠遠遠。」

看瑪那突然沒了反應，冰兒低聲說道：「嘰問了，啾說真想知。」他用嘴喙輕輕啄了啄瑪那的角，「嘰走了。」

「等一等！」

瑪那以為冰兒馬上要飛，倏地朝天空抬起頭，一對角也瞬間舉起。冰兒突然被往上一拋，嚇得翅膀一張，小爪子騰空了一瞬又落回到瑪那的角上。

「我能再拜託你一件事情嗎？」

「啾說說。」

冰兒帶來的消息讓瑪那嚇得不輕。原來被帶走是真的可能再也回不來了。但她第一時間竟不是為可能已逝的家人難過，而是擔心她的艾姆會不會也遭遇什麼危險。她覺得自己不能再拖延了！

「我的孩子，你可以幫忙找找我的孩子嗎？應該就在這個牧場裡。」瑪那又接著說：「拜託你了冰兒，什麼條件都可以。」

冰兒歪著腦袋想了想，「嘰要種啾粉，全部。」

「沒問題，種籽粉以後全都留給你。」瑪那一口答應。她趕忙將艾姆的名字、氣味、長相、毛色、尾巴的長度，甚至鼻頭上有幾根毛都仔仔細細地形容給冰兒聽。冰兒聽完後，眨眨眼睛便撲撲飛走了。

瑪那以為很快便會有小艾姆的消息，於是依照和冰兒的約定，將每次到旋轉房間所獲得的種籽粉都留了下來。她百無聊賴地看著其他奶牛和啾兒雀們歡快地吃著，自己不但不能吃，還得試著驅趕那些跑來偷吃幾口的傢伙。沒想到冰兒連著幾天都沒有再出現。瑪那的擔憂越來越多，她試著向其他啾兒雀打聽冰兒，但那些傢伙只知道一個勁兒地嘰嘰笑，完全聽不懂她在說些什麼。她開始花更多的時間，在牧場的各處不斷呼喚艾姆的名字。

生活很快迎來其他改變。這天瑪那擠完奶走出旋轉房間，卻走進另一個更大的奶牛群體中。在那裡，瑪那終於又和她的姊妹阿吉、奈奈團聚在一起。

「嘿，是瑪那！」阿吉嚷嚷著，立刻像隻褐兔那樣跳著跑過來，尾梢蓬起可愛的圓弧。

看見阿吉興奮得鼻子都一抽一抽地抖動著，瑪那也開心極了。她立刻迎上去想和阿吉抱一抱，阿吉卻退了一步。

「怎麼了？」

瑪那正困惑呢，奈奈也踱著輕快的腳步過來了。

「瑪那終於來了，奈奈一直等著你呢。」奈奈自然迎上瑪那空著的脖頸，溫柔地與瑪那相擁，更顯出阿吉舉止的異常。

她替阿吉解釋道：「阿吉生了病，肯定是怕傳染給瑪那，瑪那可千萬別介意。」

奈奈不自覺地嘆了口氣，隨即又將淡淡的笑意掛回臉上：「阿吉這個餓死鬼，最近可收斂了呢！奈奈都要嚇壞了。」

瑪那抬起頭仔細看向阿吉，阿吉果真瘦了不少。她湊過去想舔舔阿吉的背，阿吉卻再次躲開了。一瞬間，瑪那感覺到阿吉的體溫有點高。

「阿吉，你還好嗎？你在發燒？」

「嘿奈奈你別胡說，」阿吉笑笑，「我好得很呀！」

「阿吉，你以為我是誰，居然想瞞著我。」瑪那裝著不高興，哀聲嘆氣地說道：「沒想到一陣沒見，阿吉就不把我們當家人了。從今往後我只能和奈奈相依為命……」

「瑪那……」阿吉垂著耳朵一副可憐樣，「別這麼說嘛，我只是……乳房有點疼。」

「站著別動，我嗅嗅。」

瑪那口氣強硬，阿吉便不敢再動彈閃躲，乖乖站著給彎下脖子的瑪那聞一聞。

瑪那舔了幾口阿吉有些腫脹的乳房和乳頭，覺得確實有些異常。除了有股淡淡的腥騷酸味外，還有股刺苦苦的怪異氣味。瑪那想起這種氣味曾在那個金屬桿子圍起來的小地方聞過。

「你這是不乾淨了？有找點涼通草試試嗎？」瑪那問。

「我們找不著。」

瑪那細思布爾曼朵莉的長生草種類，確實比不上貝克牧場。而他們的草區也就這麼點大，牛又多，還真算是件不太容易的事情。

瑪那嘆了口氣後又問：「那股苦味又是怎麼回事呢？」

那可不是牛身上會有的味道。

「喔，那是人類在給我治病。」阿吉說：「上次我難產也是到了那個地方，是他們給我弄舒服點的。」

「那個地方？」

「就是一個奇怪的小通道。會有個金屬的東西把脖子圈起來，接著就動不了，也看不見後面了。難產那時候哇，我連命都要嚇沒了呢。」阿吉說著，一邊抬起後蹄搔了搔自己的乳頭。

「他們最近常帶我去那邊，把不知道是什麼的好東西塞進我的乳頭裡。」

瑪那想起莉姬姐說的話，說人類會給牛治病。她想相信阿吉會被治好。

「就是這樣。瑪那你別擔心嘿！」阿吉昂起頭笑了起來，「等我好了，我要把這幾天沒吃到的，通通補回來！」

阿吉、瑪那、奈奈都哈哈大笑起來，瑪那卻在高興過後隱隱有些難過。三姊妹愉快溫馨的氣氛，令瑪那感覺到久違的舒暢，她想起過去在貝克牧場的時候，天天都是這樣的好日子。那時候的阿吉體態豐盈，可不是吃個幾天長生草就能比得上的。在瑪那看來，布爾曼朵莉不管是艾芙還是奶牛都十分清瘦，尤其是開始擠奶之後，大夥更是以天天都能察覺的速度消瘦了。

「我有件事情想跟你們說。」

瑪那猶豫了會，還是決定將貝克牧場與家人的消息，告訴阿吉與奈奈。她慎重地讓阿吉與奈奈先去喝水、撒尿、吃點東西，再回來好好坐在一起談。接著把認識冰兒的來龍去脈，以及冰兒所說的話都清清楚楚地說了個遍，唯獨漏了那句「人類，危險，遠遠遠」。畢竟人類可是救了阿吉的命，還正在給阿吉治病呢。阿吉與奈奈在聆聽的過程中雖然也和瑪那一樣難掩悲傷失落，但畢竟他們都清楚貝克牧場是回不去了。至少他們三姊妹還能重新聚在一起，已是萬幸。

瑪那一路說到結尾，想起自己和冰兒的新約定。

「對了！你們的孩子呢？我託冰兒接著幫我找孩子，或許他也能幫幫你們。」

阿吉首先回應：「可惜我沒有了。」

阿吉對此並沒有什麼特別的情緒，就好像在談論天氣一般，幾句便結束了話題。瑪那沒有多問，她轉向了奈奈問道：「奈奈呢？」

這時瑪那才注意到奈奈正在微笑。而這種笑容讓瑪那想起了歐娜姐。

「奈奈沒生孩子呀。」奈奈仍舊微笑著，語氣卻聽起來有些生硬：「奈奈只是做了個夢。」

「夢？」瑪那沒聽明白。

「是呀，奈奈只是太想要一個孩子了，所以做了一場夢。」

「奈奈，你怎麼了……」

「奈奈沒事，奈奈很好呀。」

瑪那對奈奈這種說話方式感到有些悚然，她困惑地看向阿吉，阿吉只是翻了翻單邊的耳朵。瑪那不敢再問，她決定先讓奈奈好好休息一會再說。

那天太陽落幕前，瑪那趁著奈奈走去喝水的時候，叫醒了正在打盹的阿吉。

「阿吉，奈奈是不是發生過什麼事？」

「嗯？喔對，那個可精彩了！」想到當時的情景，阿吉立刻有了精神，「奈奈她飛起來了！」

「飛起來了？」瑪那問。

「是啊，飛了一瞬！」

「你再說詳細點。」

於是阿吉便把奈奈發現了艾姆、她倆保護艾姆，以及奈奈飛越了隔欄往四輪車的方向追過去的事，給說了一遍。

「我聽見奈奈喊著『孩子！我的孩子！』，就這樣飛起來了！她跑得比颶風還快，一下子就看不見了！就在那邊！」阿吉用下巴指了指隔壁草區的盡頭。

「她見到孩子了？」瑪那彷彿看見一絲找到艾姆的希望，但很快又感覺不大對勁，疑惑道：「那為什麼她又說……什麼夢？」

阿吉回想奈奈那天被四輪車追著回到草區時的古怪表情，就好像艾姆那樣天真，卻又透著一骨子的難以親近，彷彿靠近都會覺得疼。

阿吉正苦惱要怎麼回答瑪那，好在這時奈奈也慢慢踱著步子回來，阿吉索性不想了：「奈奈，我正在和瑪那說你飛天的英勇事蹟呢！」

瑪那隨即應和：「是啊奈奈，你真是太厲害了！你是怎麼做到的？」

奈奈卻一臉木然，翻了翻耳朵說道：「有這回事嗎？」接著又笑了起來，「你們這是逗奈奈開心呢！奈奈才擠了幾次奶，怎麼可能飛得起來？」

「擠奶可以飛起來？這我還是第一次聽說。」瑪那驚訝地問：「奈奈是從哪邊聽到的？」

「那些母牛長者呀。」奈奈搖著耳朵說：「他們說只要奈奈好好擠奶，有一天就可以飛回梅多瑪了！」

梅多瑪？

望著天邊一下子消失不見的餘暉，瑪那覺得自己需要和歐娜姐聊聊了。直覺告訴她，奈奈的古怪一定與梅多瑪的故事有關。想著她不熟悉的那個梅多瑪，瑪那又一次在夢裡，聽到那些斷斷續續的聲音。

「看看哪……」

「梅多瑪……」

忽近，忽遠，充滿憂傷。

「請原諒我們吧……」

像是在訴苦，在哀求，在哭泣。

牛的翅膀

瑪那的心臟鼓動得就像拍在溪岸上的魚，

為了求生而拚了命地胡亂跳躍。

1

隔日早晨，瑪那在擠奶結束後，逕直往歐娜姐找去。她看見歐娜姐身邊圍繞著不少奶牛，各個都氣息沉穩自怡，即使在這樣陰雨綿綿的日子裡，也絲毫沒有顯得躁動。這和瑪那過去在艾芙群裡感受到的氛圍完全不同。

「親愛的，你來了。」

歐娜姐微笑依舊，就好像自那天以來，一直以這樣的微笑在等待著瑪那似的。

「歐娜姐，我準備好了。」瑪那的開場直截了當：「請告訴我世界隔成天與地之後所發生的事。」

「好的，親愛的。」歐娜姐溫柔地搖了搖耳朵，「我會告訴你，我們為什麼在這裡，我們本來的面貌，以及我們身為大牛的使命。」她邀請瑪那坐臥在身側，一字一句將後面的故事娓娓道來。

當世界被分成了天與地，梅多瑪便讓大牛奧洛絲去照顧留在地面上的許多生命，因為她有這個能力。奧洛絲將大地打理得肥沃芬芳，便以為自己是草原上最強壯且可靠的動物。她的驕傲改變了她的模樣，並從翅膀脫落的地方，長出一對角來。

在地面上生活的奧洛絲，仍然時常幻想哺育孩子的幸福。而她的執著也讓她如願以償地懷上了孩子。奧洛絲非常高興，成日對著肚子唱歌，可是孩子出生後卻很快不見了。奧洛絲就這樣懷孕了許多次，卻沒有留下一個自己的孩子。直到有一天，懷著身孕的奧洛絲做了一個夢。夢裡，一個聲音告訴她：

「奧洛絲啊，你是不是忘記了你本來的面貌？你既沒有角也沒有孩子啊。」

從幻象中清醒過來的奧洛絲後悔萬分，終於明白一切災難的開始與痛苦的根源都是因為自己的驕傲與執著。

「噢，美麗的梅多瑪，我永遠的故鄉，請您原諒阿夸的錯吧。」

於是，奧洛絲開始盡心盡力地為梅多瑪哺育地面上弱小的生命，直至她的奶水流盡。這時，一個美麗的歌聲傳遍了整個大地，原來是月娘帶回了她的翅膀。

「沙啦～沙啦啦，親愛的阿夸夸，嘩啦啦咚兮。」

屏息聆聽的奧洛絲，感受到內心完滿的安寧，她向天空展開一雙美麗的翅膀，自由自在，翱翔在她美麗的故鄉——斐勒麥梅多瑪。

「這便是斐勒麥梅多瑪的故事，大地上的生命都是我們大牛的孩子。」

歐娜姐溫柔的聲音像細雨般落下，涔涔流淌在草原上和每個圍繞著她的奶牛心裡，大夥的氣味也變得更加穩定和諧。

瑪那沒說話。她怔怔地望著歐娜姐，目光裡卻沒有歐娜姐的影子。身邊駐足聆聽的奶牛越來越多，她卻一點也沒有注意到。瑪那還在故事裡，還困在兩個梅多瑪世界的狹縫當中，她不知道自己此刻的表情有多麼慌張。

歐娜姐很是理解，她以柔軟的語調安慰瑪那：「親愛的，我明白這並不容易接受。失去孩子的痛苦大夥都經歷過，都能了解你的感受。但歐娜姐希望你知道，痛苦是來自執著，執著是來自驕傲。我們大牛原來的面貌是名為阿夸的飛鳥，因為犯了錯，才變成現在這個樣子。我們應該好好學習放下驕傲與執著，感激自己身為一隻有奶水的牛，能哺育大地上的生命，完成梅多瑪賦予我們的使命。」

瑪那不能明白，她努力拼湊著歐娜姐所說的每一個字。她似乎聽見了整個故事，卻又似乎沒有聽見。好像有無數爬蟲的斷尾在她的腦袋裡彈跳著，胃裡也泛出一股難以形容的五味雜陳。

見瑪那沒有一點反應，細軟的嘆息從歐娜姐的鼻子呼出。她試著加重了一點肯定的語氣說道：「親愛的，現在的你或許還很難明白，但你可以相信歐娜姐。孩子從一開始就是不存在的，是由你的執著所產生的幻想，在場的奶牛們都可以為此做見證。」

奶牛們紛紛沉默地搖著耳朵，同意了這一點。瑪那也不禁感到一絲動搖。

「可是我就是媽媽生的呀……」

「那你還記得自己出生的時刻嗎？」歐娜姐接著問。

「親愛的，哺育你的不一定是生你的，就像我們奶牛哺育著其他的生命。」

「我……」瑪那的話卡在喉間。她確實想不起來，可是……

「別擔心，親愛的，這是必然的。」歐娜姐接著說：「很抱歉這麼問。但你所謂的『媽媽』，是不是與你分隔兩地後，便不在了？」

瑪那露出驚訝的神情。

「那是因為她已經去了梅多瑪。」歐娜姐笑了笑，「過去正是因為對你的執著，她才會一直無法前往梅多瑪。你明白嗎？」

瑪那感覺心臟好像被扯下了一塊，她驚惶失措地支起了身子喊道：「不會的！媽媽明明說我的角是和梅多瑪的約定……」

「親愛的，一下子知道這麼多你肯定很難接受，但是讓我教教你吧。」歐娜姐看向瑪那的角，繼續說了下去：「如果你不收起這驕傲的角，是沒有辦法長出翅膀的。只要你回到故鄉，你便能與你的『媽媽』相聚。」

「收起我的角？」瑪那的聲音帶著顫抖。

「是的，親愛的。這驕傲的角、這幻想的翅膀若是一直放任不管，可是會引來死亡之鳥的。」

瑪那倒抽了一口涼氣，一下子跌坐下來。

那色彩斑斕卻可怕的啄羊虹鳥，那來自地底的死亡之氣，那一隻接著一隻倒下的羊，那所有災難的開始，都是因為她的角，因為她的驕傲？就像梅多瑪的寓言？

瑪那將整個身子壓得又緊又小，她想要消失，但她不能。她痛苦而無助地顫抖著。

「那我要怎麼做？」

歐娜姐看著瑪那痛苦的模樣，微不可察地嘆了口氣。她輕靠著瑪那不停顫抖的身軀，彎下脖頸細柔地貼在瑪那的頰邊磨蹭安慰。

「主人感念我們的哺育，為我們提供食物、治病療傷，並幫我們驅除幻象。當大牛一切的驕傲與執著消失、奶水流盡，或者當我們意外死去之時，梅多瑪便會讓月娘來迎接我們。」

歐娜姐溫軟的鼻息就停留在瑪那的耳際，她的聲音很輕，宛若耳語。

她說：「親愛的，主人會協助你的。」

整個早上瑪那都難過得不想再說一句話。當午後的咯啦聲再度響起，預告著又一次的擠奶來臨時，瑪那仍倔強地不願承認歐娜姐說的話有可能是真的。她不願命運是如此，不願靠著甜蜜的奶水來贖罪，她不肯離開草區。即使四輪車已經逼到跟前，她仍然意興闌珊地賴在地上。但麥區不肯放過她，先是用手拍打瑪那的臀部，又是奮力拉拔她的尾巴，最後用一根棍子戳得她的腳後跟癢，這才不情不願地站起身來，無精打采地跟著大夥走向那旋轉的房間。

瑪那對蜘蛛怪已是見怪不怪，她一邊擠奶，一邊發著呆。只想在規律的嗯嗡聲中將一切忘卻，讓所有的回憶都隨奶水流盡。

瑪那盯著眼前金屬食槽中的種籽粉堆，心想冰兒或許也不過是她幻想出來的幫手。什麼是真，什麼是假，瑪那已經完全搞不清了。瑪那陷入漫長而混亂的思緒當中，直到她聽見了那清晰的撞擊聲。

「阿吉！你怎麼了？」

瑪那醒神一看，就見斜前方的旋轉地板上，有一個隔間已經空了。阿吉則掉在了地板的下面，和麥區、札里在一塊。瑪那見阿吉倒臥在地上沒有起身，擔心她是不是發燒得嚴重了。可房間裡聲音和氣味混雜，阿吉聽不見。瑪那心急地看向麥區和札里，希望他們能幫幫阿吉，畢竟他們曾經幫助過阿吉幾次。但兩人看起來都相當疲憊，只是側身往阿吉的方向撇了一眼，便繼續手上動作。他們忙碌個不停，將一隻隻會吸奶的蜘蛛怪捧起，黏上奶牛們的乳房。

阿吉一直在那趴著，好一會兒才勉強用前膝支撐起自己。她爬起身來，一拐一扭地慢慢從一個通往房間外的開口走出去，過了好一陣子才又從同一個開口走了回來。她甩了甩在外頭淋上的雨珠，發現瑪那在注意她，便高興地搖起耳朵。

「呼……真是個不省心的傢伙。」

瑪那鬆了口氣。但又見阿吉淋了雨，瑪那估計晚上天氣大概要冷些，也不知道阿吉這病會不會加重。她決意回到草區定要給阿吉好好檢查一番，和奈奈一起去找些可用的藥草。想到這裡，瑪那心裡突然感到踏實了些。至少阿吉和奈奈是真的，他們一直都在一起。

但瑪那並沒有如願回到草區，而是又一次被送進了那個金屬欄杆圍起來的小地方。這應該就是阿吉接受人類治療之處了，瑪那聞得出那刺苦的氣味就和阿吉乳頭上嚐到的一樣。難道是因為她被阿吉傳染了嗎？

隔著一段無法跨越的距離，瑪那目送擠完奶的大夥一步一步沿著圓弧狀的泥土路走向草區，腦海中浮現阿吉剛才走路時的模樣——一搖一擺的明顯就是受了傷，卻還在那興高采烈地對她搖耳朵，一副想說些什麼的模樣。

「也不知道阿吉在外面看見了什麼這麼高興。」瑪那輕輕地笑了笑。

此時其他的奶牛都已經回到草區吃草休息，阿吉也不見蹤影，瑪那站在這個硬梆梆又滑溜溜的小地方，淋著細細的雨絲，希望可以快點回到草區向阿吉問個清楚。突然一個小小的黑影從瑪那視野中掠過，停在了她的角上。瑪那定睛一看，是冰兒！

「小艾姆有消息了！」

瑪那精神一振，所有的煩憂一下子全都拋諸腦後。她立即向冰兒開口問道：「冰兒！你這幾天上哪去了？我還擔心你是不是出了什麼事呢！」

「嘰認真，找找找找找啾孩！」

冰兒抖了抖微濕的羽毛，將一身的水氣灑了出去。瑪那被幾顆小水珠擊中了眼瞼，但此時對她就宛如甘霖一般舒爽。

瑪那高興又緊張地問道：「怎麼樣？」接著又一氣呵成地問上：「她在哪裡？怎麼找這麼久？人類有好好照顧她嗎？她餓不餓？她都吃什麼東西果腹呀？她有沒有想媽媽……寂寞了怎麼辦哪？那裡有沒有些小同伴陪著她呀？」

冰兒沒說話，兀自抬起一邊的翅膀細細整理起來。

「你跟她說話了沒有？她說什麼了？」瑪那又問。

「沒有啾。」

瑪那這一長串的問句，冰兒卻只回答了三個字。他繼續整理起另一邊的翅膀，腦袋連著小嘴喙塞進了逐漸蓬鬆的羽毛之中，讓瑪那始終看不見他的表情。

「冰兒你就快跟我說說吧！」瑪那焦急地回應道。

「沒有，沒找到啾。」

瑪那愣了愣，接著露出討好般的笑容說：「這怎麼可能呢，她應該沒有跑遠的。你再找找吧，好嗎？應該就在這牧場附近的。你都看過了嗎？」

冰兒甩甩脖子，終於看向了瑪那：「嘰找找找找找找飛飛飛飛飛飛，啾沒有。」

「冰兒，你是不是覺得種籽粉不夠多呀？我可以再幫你找找其他食物呀？或是有什麼我能做的你儘管開口，你們啾兒雀不是最了不起、有最多多多多的消息了嘛？」

「冰兒……」

「冰兒……」

聽著瑪那一聲又一聲地哀求，冰兒轉過了身。他背對著瑪那沉默了會後說道：「嘰想，啾孩被帶走。」

「去哪？他們帶她去哪了？」瑪那急忙問道。

「殺啾。」

瑪那呼吸一滯、胸口緊縮，好像連血液也給凝結了。

「你說什麼？」

冰兒的聲音悶悶的：「嘰問問問問問朋友，說公小牛啾殺殺殺，母小牛啾留留留。」

「嗄……小公牛都……」瑪那驚呼出聲，不確定自己聽到了什麼。而後慌張地抱著最後一絲希望問道：「那……那艾姆應該還在呀。她是隻小母牛呀。」

「啾孩特別，啾孩白黑黑黑。」

「什……什麼意思？」

「啾那邊，」冰兒上下擺了擺尾羽，抬起頭用小小的嘴喙比劃著天空說：「啾那鳥。」

瑪那順著冰兒的方向看過去，看見一隻黑白色的大鳥在飛。瑪那努力調整著視焦，想將那隻鳥給看個仔細。只見那鳥的身翅黝黑，僅有尾羽的末端和腹部微白，而那圓潤的頭部是雪白的，但眼有黑框——就像艾姆一樣！

「白黑黑黑，啾殺。」

冰兒再開口時，瑪那望著那隻飛鳥伸展著寬大的羽翼翱翔，心底裡重新升起一股異樣的希望——艾姆還活著！

「冰兒！這種黑白色的鳥，是什麼鳥？」

瑪那的聲音陡然拔高，讓冰兒嚇了一跳。他歪著頭回過身來看向瑪那，見瑪那的目光一路追隨飛鳥，臉上竟是一個勁兒的喜悅。

冰兒奇怪地看著瑪那說：「啾鳥遠遠遠遠遠遠飛來，嘰不知。」

「那他們是打哪來的？」

冰兒上下擺動著尾羽，飛到了瑪那的另一只角上，並往角尖的方向跳了幾下：「啾太陽，啾那邊。」

瑪那往太陽的方向看，見那燦爛的光已經落到了地平線上。在烏雲的籠罩後頭，仍執拗地透出一束又一束的光彩，射向了天空、大地與瑪那的眼中。

「太陽的那邊……」

一個答案在瑪那的心中浮現。

瑪那開始相信歐娜姐所說的話了。

牛將會變成鳥，而那隻飛鳥一定是艾姆的化身！

2

「可終於忙完了！」

札里吆喝一聲，走進了廣場旁那個備有頭部固定夾的隔間。一隻不知哪來的麻雀受到驚嚇，拍拍翅膀飛走了。

他指著眼前一隻頭頂著長角的牛說：「搞定你這傢伙我就可以回家了！」

麥區拿了一把特製的線鋸走過來，一邊遞給札里一邊說道：「之前可是說好的，你來。」

「喔，有這回事嗎？」札里摸摸鼻子，接過了線鋸。「沒關係，就看本大爺的。」接著卻開始扭玩起這把極少出現在牧場上的工具。

麥區嘆了口氣，「好了別磨磨蹭蹭的，這事可是拖好久了。再拖下去，布爾曼先生發起火來，我們下週又別想好好吃中飯了！」

「唉唷！真冤哪！」札里怨嘆了一聲，想到這週的悲慘遭遇，他的臉便扭曲起來，大聲地抱怨道：「訂那些即期真空草包的明明是先生自己，草包發霉死了這麼多牛，辛苦的卻是我們！老是這樣搞，我們幾條命都不夠用了！」

麥區冷靜地回應道：「布爾曼先生可會精打細算了。你想想，連混血布爾科品種的白臉黑身母牛，乳產量稍微比較低，他也要計較。」

麥區又嘆了口氣。

「來吧夥計。」他調整了原來嚴肅的語氣，試著輕快地說：「我們快點把這事搞定，今晚和我去外面吃些好料。」他打開了隔間中的一個閘門——通往頭部固定夾的。

「真的？你請客？」札里挑了挑眉毛，轉憂為喜，將牛趕進了閘門內的小通道中。

「還真沒見過這麼長的角。」麥區說。

只見那牛在通道的盡頭前停了下來，因為她長長的角已經卡在設計成頭部固定夾的鐵門前面，根本就無法通過。

「從門前面退進來怎麼樣？」

「倒著走太困難了，而且地上還有個檻。行不通的，用繩子綁吧。」

麥區取來一條粗麻繩，在中間繞了好幾個圈後，套入牛的吻部。他將繩圈調整在下顎與鼻粱之間，然後握住繩子的兩端用力拉緊。

這牛似乎覺得不太舒服，搖晃著腦袋不停地掙扎。

「拿著，你往那邊。」

麥區將繩子的一頭拋給札里，自己的這頭則俐落地綁在了比牛嘴略高的欄杆上。札里比照麥區的動作，也將繩子綁在欄杆的另一側。此時牛的下巴被繩子高高抬起，瞬間減少了掙扎的力道和頻率。

「這樣就安全了，來吧。」麥區說。

「好咧！我的好角唷，我來囉～」

札里拿著握把在牛角上叮叮咚咚地敲響了一串節奏，開始他今天最後的工作。

「喀吱喀吱，喀吱喀吱」

尖細的磨擦聲伴隨著毛骨悚然的震盪，如多腳的硬殼小蟲沿著牛角爬進了瑪那的腦袋裡。瑪那感覺到無比的噁心，渾身汗毛豎起，皮膚上滿是疙瘩。她的前蹄不住在地面上磨擦，想要使力掙脫這種難以形容的恐懼，被迫仰起的頭部卻讓她無論如何都使不上力來。

「喀吱喀吱，喀吱喀吱」

「不要！你們到底要做什麼！放開我！」

瑪那瞟向頭頂，看見自己的角竟缺了一口，驚惶的眼睛睜得老大。

「我的角！」

「喀吱喀吱，喀吱喀吱」

瑪那開始尖叫，她感覺屬於自己的一部份正在被摧毀。這兩個人類，正在試圖要把她的身體給拆開！瑪那想大口喘氣，嘴巴卻被綁得死緊。她的鼻息紊亂，鼻孔不規律地收縮著，眼睛露出了一大截的眼白，睜得都生疼了。從未感覺過的驚慌失措，讓瑪那的心臟鼓動得就像拍在溪岸上的魚，為了求生而拚了命地胡亂跳躍。

「喀吱喀吱，喀吱喀吱」

那硬殼小蟲彷彿在瑪那的腦袋裡下滿了蛋，成千上萬的蠕體正在裡頭胡攪蠻纏地扭動著、扭動著，張著小小的利牙不停地啃噬著透明的卵泡，像是要吃掉她的腦袋、她的童年記憶、她與媽媽的約定……。瑪那想大聲咔叫，嚇斥、驅逐胸口與腦袋裡竄動的異物，驅逐周遭可怕的人類，嘴卻被緊緊地纏繞著，怎樣都無法張開。

「快停下來啊！」

「喀吱喀吱，喀吱喀吱」

瑪那奮不顧身地扯動著囚禁她的繩子，被逼到極限的情緒使她渾身散發出可怖嚇人的酸氣，但人類毫無所察，而繩子只是陷入她的皮膚裡更深。她的上顎下齒咬得生疼，齒列緊束在一起發寒顫抖。如死魚白肚的眼睛鼓脹得像是要掉出眼眶，拉扯著眼球內最纖細敏感的神經。瑪那用整個身軀表達她的抗拒，肩胛和髖骨在激烈的扭動中不停撞擊著金屬欄杆，一下又一下，彷彿不要命了地撞著。

「吭吭！吭吭吭！」

「喀吱喀吱，喀吱喀吱」

「吭吭吭！吭吭吭！吭吭吭吭！」

瑪那疼得盜了一身冷汗，那鼻樑上的繩子卻脹得更加堅澀，箍得瑪那腦袋發黑、意識恍惚。在一下又一下不斷積累的悶痛之中，一張張掛滿驚恐的臉浮現在瑪那的眼前。

「吭吭！吭吭吭！」

貫穿耳鼓的敲擊聲，前蹄跨在食槽上的艾芙，她拱起的背脊、扭曲的臉龐，排出的黑呼東西被一腳踢開；踹上腹部的鞋子，消瘦的肚皮，莉姬隱忍、疲憊、憂傷、壓抑的面孔；那顫抖個不停的肩膀，那晦澀混亂的氣味，傳遍草區的酸澀，鼓脹翻白的眼睛，泥堆穢物裡的掙扎，毒電線下渾身顫慄的碧西斯。她起身、掙扎，起身、掙扎，喘息的嘴一開一闔、一開一闔，嘔出了絕望的舌頭，嘔出了一次又一次的吶喊：「一切都是人類的錯！」

「喀吱喀吱，喀吱喀吱」

瑪那朦朦朧朧地哭著。

她聽見自己的聲音說，「他們明明……是這樣好。」聽見歐娜姐的聲音說，「主人感念我們的哺育。」聽見阿吉的聲音說，「嘿瑪那……別擔心，他們會照顧好她的。」聽見冰兒的聲音說，「啾孩被帶走，殺啾。」聽見莉姬的聲音說，「一切不過都是為了獲得好處。」聽見奈奈的聲音說，「奈奈沒生孩子呀。」

「喀吱喀吱，喀吱喀吱」

鑽入腦髓的劇痛，伴隨一陣惡寒灌進頭頂。瑪那感覺整個頭皮都緊縮塌陷成一片乾癟的枯葉。她頭疼欲裂顫抖著眼睛模模糊糊地往上瞟，卻見那角的缺口愈來愈大、愈來愈大……

「喀吱喀吱，喀吱喀吱」

她聽見自己玩笑著說，「畢竟我是一隻有角的牛嘛。」聽見阿吉虛弱地喘著氣，「我一直很羨慕你……有這麼漂亮的角。」聽見陌生的母牛沉吟道，「真像一對翅膀呀……」聽見艾姆可愛的咕噥著，「媽媽很愛艾姆。」聽見碧西斯向她道別，「沒問題，瑪那。等你生下孩子，就用你的美麗的角帶她飛來找我吧！」

可倏地，碧西斯的嘴邊卻冒出了血沫，化成一道黑色的魅影卡在圍欄鐵線之間幢幢竄動。那一隻隻倒下的羊圍起她、嘲笑她，濃烈的血腥味撲了上來，一聲低沉的怒斥穿透她的腦門：「尤其是你！身為一隻有角的牛，為什麼不帶領大夥！」

在這望不見底的折磨中，瑪那所聽所見全都化成了一道道的黑霧。那透著寒意的黑霧又聚又散，碧西斯半黑半白的臉龐一閃一滅，轉瞬間竟變成死亡之鳥的模樣叫囂道：「要是我們有你這樣好的角，一定有辦法可以離開的！一切災難都是因為你的角！」

「不是我！不是！」瑪那驚惶地喊道。

黑霧消散。小艾姆和碧西斯冰冷的身軀倒在地上，一動不動。

「不要啊！」瑪那聲嘶力竭尖叫著。

「呼，終於鋸下來了！好像太深了點。」

瑪那看見媽媽溫柔的表情：「你的角是我與梅多瑪的約定。」看見爺爺對她擠眉弄眼：「你可要好好保護你的角唷！」看見自己高興地笑著說：「好哇，我們梅多瑪見！」

瑪那重心一歪，覺得自己哪裡也去不了了。

3

瑪那空著腦袋，歪歪扭扭地在黑暗中前行。她從未感覺到身子如此單薄，若非雨已經停了，她或許會被雨點給打落到地上。

「那樣也好。」瑪那心想。

大雨會將頭頂上的絲絲血味和苦味給沖走，會將來自身後關切的氣味給沖走，也會將過去那些不堪的記憶都給通通沖走。她現在只想要什麼也不想地好好睡一覺，然後忘記這一切。然而天氣就和這天一樣無常，少了她所希望的那場雨，她竟是連唯一的心願也無法達成。

瑪那拒絕了來自各方的關心，獨自坐臥在草區的一隅。空蕩蕩的頭頂與微微刺痛的感受，再再提醒著她所失去的東西。瑪那覺得更冷了。她縮起瘦疼得宛如散架一般的身子，趴臥在前蹄上，睜眼瞪著漆黑卻乾淨得奇異的天空，久久無法入眠。

一串夢囈般的唏歔聲流進瑪那的耳朵裡。瑪那心裡覺得奇怪，但身子正疲倦得緊。她沒有回頭細看，只是懶懶地將耳朵豎起，用眼角的餘光向聲音的來處掃去。

「看看吧……」

「看看我們吧……梅多瑪啊……」

瑪那輕輕地扭頭，在牛廣闊的視野中，她看見大夥聚在一起休息的地方，有好些個奶牛，不知怎地醒了過來。瑪那知道，大夥可是在落日後便早早休息了，他們可不像她這樣帶著傷，所以才難以入眠。

瑪那探過半個身子，這才發現真有不少奶牛撐起高高低低的胸膛，背對著自己。他們沒有彼此交談，而是一個個都仰面望向那彎皎潔的月，耳朵朝後壓得老低，正用低沉、緩慢而細碎的聲音說著話。

「驕傲……執著……孩子……都放下了……」

「看看我們啊……」

「請原諒我們吧……月娘啊……」

瑪那跟著大夥抬頭望向清澈無雲的天空，那抹月彎勾起尖傲通透的光，正像瑪那不翼而飛的角，像一對蒼白的翅膀，也像月娘淒涼的笑。既孤單又苦痛，千年來獨自在天幕上思念她所失去的……或許也有她所錯犯的。

「請原諒……我們已經……」

「奶水……大地……萬物……都餵養著……」

「看看我們啊……」

奶牛們憂傷的祈禱斷斷續續進行著，聲音輕細而小心翼翼，就像瑪那失去了雙角的身子般，單薄而卑微，難以再承受更多一點的沉痛。瑪那突然感覺胸口被這些聲音所桎梏，扭擠出一片濕潤，浸染了她的雙眼。她不知道這些奶牛們已經歷過多少次的希望和失去，耗費了多少年歲的付出與等待。她所遭遇的奶牛們也都遭遇了，反反覆覆，一次又一次……

瑪那想起已經不在她身邊的艾姆，和奶牛們不知去向的寶寶；想起她的好友碧西斯，和奶牛們被帶去別的地方的同伴。瑪那想起媽媽和家，以及從沒有過媽媽的奶牛們；瑪那想起她失去的角，和身為一隻牛的尊嚴。

瑪那第一次感到自己和這些奶牛是一樣的。一樣的憂傷，一樣的沉痛，一樣的卑微。

一樣的思念。

在淚水逐漸模糊的月光中，瑪那想起那天，想起自己第一次告訴碧西斯梅多瑪故事的那個晚上。碧西斯沐浴在月光下，她的背影孤單卻堅定，她沒有角，她那顏色相異的耳朵高高豎起，在那條獨自前行的道路上，她無懼無悔，一往無前。

「一個自由的地方。」

瑪那終於明白好友的夢想。

「我是瑪那，我是一隻牛！」

那不再忘記思念的約定。

「是一隻真正的大牛！」

望著天空上那彎明亮的角，瑪那再次大聲宣誓。

「我們的故鄉，是斐勒麥梅多瑪！」

一個她將要前往的地方。

斐勒麥梅多瑪

渾圓刺眼的光漸漸散開而變得安靜柔美，

就像穿越過一層又一層複雜而多變的雲霧，

要隱身到天幕的另一邊做個美夢。

1

隔日清晨，牧場上的一切如常運轉。莉姬給蜘蛛怪咻咻擠完了奶後，回到草區裡吃草休息。正當她將最後一口長生草嘔出來反芻時，她看見一個逆著光的剪影頂著一對長短角，歪斜著腦袋遠遠朝她走了過來。

莉姬知道那是瑪那。昨晚發生過什麼可怕的事，牧場上的每隻牛都已從那情緒濃烈的氣味中得知了。可是當剪影越靠越近，瑪那踏著不緊不慢的步伐走近莉姬時，莉姬卻霎時感覺那對角似乎還在，或至少不是一短一長。如果仔細看，應該能發現瑪那正勉力控制著身體的平衡，但瑪那臉上的表情卻是從未有過的平靜自信，甚至讓莉姬有種錯覺，以為瑪那走得比以前還要穩。

「莉姬姐，我有事情想問問你。」

瑪那的聲音溫和平靜得宛若無事發生。莉姬不禁懷疑昨晚的氣味是否真的來自瑪那。她偏了偏頭，閃過逆光的耀眼，將眼睛聚焦在瑪那右邊頭頂的角上——斷面有痂微微凸起，還有一股血騷味。

莉姬微微皺起了鼻頭，「好。」

這並不是第一次牧場上有奶牛被去掉頭頂上的角，但卻是第一次有奶牛在被去角的時候，散發出如此強烈抗拒且嚇人的氣味。她默默跟著瑪那走向一處靜僻，想著瑪那肯定是要問有關角的事情。可惜她還沒有機會提及，這角就已經沒有了。莉姬嘆了口氣後，試圖打破在這路途上的沉默。

「你的角真是可惜……」

「你知道阿吉去哪了嗎？」瑪那卻同時開口了。

這意料之外的提問，讓莉姬愣了愣。

「啊？」

「昨天阿吉從旋轉房間的地面掉到下面一層去了，就是人類站的那一層。你知道她接下來可能會去哪嗎？我該上哪找她？」

「你是說編號八六六的大個兒？」莉姬回過神來，「她沒回到草區裡嗎？」

「是阿吉。」瑪那很快說道：「她沒有回草區。」

莉姬開始在腦海中搜索自己引以為傲的記憶資料庫。奶牛從那個旋轉的平台上掉下來並不算是少見的事情，差不多兩、三個月也會有一件，只是多半是些個頭比較小的奶牛。莉姬回想了一遍，確認過去那些曾發生相同狀況的奶牛都有回到草場中。

「八六六……阿吉她在這之前有沒有發生別的事情？譬如說生病？」

「有，她有點發燒，乳房還有點腫。」瑪那回答後像是立即想起了什麼，神色一下子凝重起來。她一字一頓地說道：「無法產奶的奶牛……」

見瑪那一雙眼瞪著自己，都要瞪出月圓來，莉姬在心裡沉吟道：「這孩子還挺受教啊……」

她沉默了會，仔細想了想後，給瑪那說了一個保守的答案。

「還不能確定。她還年輕，或許只是晚點回來。」

隔天下午，莉姬才擠完奶回到草區，便見隔了一塊草區的草場上，阿吉正在那獨自吃著長生草。只是她的腳似乎受了傷，不但走路姿態奇怪、頭一前一後地搖擺，也一直沒有坐臥下來休息過。這可不太妙，莉姬知道，每增加一病一傷，被帶走的機會也就越高。瑪那與奈奈（瑪那再三更正編號八五二這樣的稱呼）也在一同回到草區時，便馬上注意到阿吉。莉姬看見姊妹倆走到草區邊緣，與阿吉隔著好一段距離彼此問候。或許是因為從小一起長大的緣故，就算中間還有好幾步的距離，他們也能藉由肢體、神情、氣味、空氣的震動和些許的叫聲，一直聊到了晚上。

見此情景，莉姬不知怎地突然想起了她的小牛，和那日裡夜裡不斷呼喚孩子的自己。

一個半月過去，大夥的草區移了又換、換了又移，這幾天終於是來到了阿吉的隔壁。阿吉這傢伙仍在一片獨立的草區裡，既不用一天兩次去擠奶，還能自己獨占整區的長生草。腿傷好了之後，更是時常在那奔跑跳躍，可快活了。莉姬過去沒遇過這種事，但她倒也不是特別羨慕。

「不知道人類又在打什麼鬼主意。」

事情大約是在阿吉回到牧場的不久後發生了變化。也不知道是因為見到阿吉可以在更大的空間裡活動，或是因為那孩子的性格本來就誰都能親近，大夥愈來愈常和她說話，也愈來愈常學她那副走走跳跳的模樣，甚至偶爾竟也會學她，朝著蟲子、褐兔或是別類的傢伙說話（真是不可理喻！）。貝克牧場來的全是些奇怪的孩子，像奈奈那個小姑娘平時看上去挺乖巧，還真不曉得那次她怎麼有氣力跳出圍欄，現正混在一堆奶牛長者裡說話，也不見一點怯色。但最讓莉姬摸不透的，肯定就是三天兩頭跑來找她的這一位了。

「莉姬姊，你再說一次嘛，好嗎？」一個她最近經常聽到的聲音從身後傳來，這親密的稱謂聽了就讓她害臊。

「瑪那……都已經說五次了，你怎麼就聽不膩呢。」

瑪那沒有說話，她笑盈盈地逕自走到莉姬面前，只管亮著一雙眼睛直勾著莉姬看。那副狡黠的表情，就是知道莉姬不會拒絕。

莉姬無奈嘆道：「這真的，真的是最後一次了。」

瑪那高興地在莉姬身旁坐臥下來，用尾巴親熱又調皮地掃掃莉姬的後腰。

莉姬還未習慣這樣親暱的動作，但牧場上最近放肆的傢伙倒是越來越多，始作俑者肯定就是這幾個貝克牧場來的傢伙們。

「那麼我就再說一次吧，關於毒電線，我躺在草區外那五天和這些年來所觀察到的事情。」

莉姬第六次開口。

「以上就是我所知道的。從泥土路的頭走到尾，一共有十二個草場。」

說完後，莉姬長吁了一口氣。要將一輩子觀察歸納的心血濃縮在半個下午說完，她可是折騰得不輕。但瑪那聽得專注，莉姬倒也是次次都仔仔細細地解釋給瑪那聽。看那拉得老直的一雙大耳朵和咕溜轉動的眼睛，莉姬靜靜等待瑪那又會給她什麼意料之外的回應。

「所以當他們離開牧場後，就一定會把通往其他草場的那條泥土路，用粗的毒電線擋起來，是這個意思對吧？」瑪那重複著莉姬的結論。

「至少在我裝病的那五天是如此。在後來的觀察中，也沒有發現相悖的部份。」莉姬回應。

「但是我們還在擠奶的時候，或者還沒有全部回到草區的時候，粗的毒電線是開著的。」瑪那又重複道。

「是的，否則大夥就無法回到草區吃草了。」

「路上我們其實經過了許多被擋住的草場，才回到當天開放的草場。」

「對，他們只會留下唯一一條通路。」莉姬十分肯定。

「並且在擠完奶以前他們不會過來草場這邊。」

「麥區和札里是如此，但布爾曼就難說了。」

「嗯……」瑪那沉吟著。

見瑪那沒有順著說下去，莉姬不知為何覺得喉嚨有點緊，「怎麼？今天不問問題了？是從誰那打聽到什麼了嗎？」

這牧場上還有誰不知道瑪那正計畫著什麼嗎？

「是有一點，」瑪那回應道：「歐娜姊說牛奶車來的當天下午，布爾曼先生不會出現。」

「牛奶車是拉著躺臥的筒狀房子那種？」

「對。」瑪那接著說：「還有，栗姆姊說第九或著第八草場的隔欄，有一處的間隔特別大；桑諾說下雨天毒電線比較不這麼螫疼，第五草場的粗毒電線特別矮……」

瑪那毫無保留地說了一大串。這些消息在莉姬聽來很是有趣，但當中的某些訊息又讓莉姬感到困惑。

她按耐著想提問的衝動，等瑪那說完才開口：「嗯，不錯，但有待查證。不過這些消息是打哪來的？你說的這幾個傢伙我怎麼都沒聽過？」

就算布爾曼朵莉牧場上的奶牛眾多，莉姬可不認為自己會記不得這些有名字的奶牛。

「栗姆姊就是特別嬌小、氣味有點像曬甜了的秋季刺果球的那位呀，在那兒呢。」

莉姬順著瑪那的指引望去，心中浮現對方的編號。

「那桑諾呢？」她遲疑地問。

「就是總前膝著地、伸長了脖子趴在地上，好越過毒電線下緣去吃草的那位。」瑪那回想起那個畫面咻咻笑了起來，「不知道她和阿吉誰更貪吃呢。」

這個行為特徵倒是更鮮明了，莉姬絕不會記錯的，「喔那位，是編號九二九。」

「是桑諾。」瑪那更正莉姬的說法。

莉姬奇怪地轉著耳朵，「我記得，他們沒有名字的呀。」

「嘻，」瑪那笑了笑，「他們現在有了。」

莉姬恍然，「是你自己取的。」

「不是我，這是大夥一起決定的。」瑪那高興地向莉姬解釋道：「大夥可想要一個名字了。我就想，雖然沒有媽媽給大夥取名字，但沒有名字，我們有氣味，沒有媽媽，我們有彼此。如果我們有彼此，我們就是一家人。」

「一家人？」莉姬驚詫道：「可家人應該是……」

「只要莉姬姊願意、大夥願意，我們就可以是一家人。」瑪那說完，又抬起了尾巴，輕輕搔了搔莉姬的後背。「莉姬姊不願意嗎？」

「你這孩子，」莉姬嘆了口氣，「真拿你沒辦法呢。」

最近，牧場上的變化很大。

莉姬雖然很不習慣，但是她並不感到討厭。

2

「嘿，你覺得斐勒麥梅多瑪會是個什麼樣的地方？」

聽到這個問題，阿吉的注意力立馬從一隻可愛的蟲子上轉移。她拉橫了耳朵仔細聆聽不遠處的兩隻牛姊姊說話。

「我覺得應該是個長生草長得比胸脯還要高的地方。」

「是嗎，那也太不現實了。我倒覺得應該是個有很多彩虹的地方。」

「你才不現實呢！」

「要不待會擠完奶就一起去問歐娜姊，她肯定知道得比咱們多。」

「好啊，我們就來看看誰說的更接近一點。」

兩隻牛姊姊一邊說著一邊朝著毒電線的開口走遠，阿吉無法跟上去聽，耳朵便漸漸垂了下來。自從阿吉到了與大夥所在的草區相鄰的這個草區，她就時常這樣站在隔欄的另一邊跟大夥說話閒聊。雖然阿吉知道有這麼一個草區能隨便自己跑跳吃玩是多麼好的事情，但她依舊不喜歡這種只有自己被隔開來的感覺。她喜歡和大夥分享她新發現的蟲子和蜂蝶。布爾曼朵莉牧場雖然沒有那麼多不同的菇果和生物，但褐兔的洞穴裡往往藏有一些驚喜。

「真想快點回到草區跟大夥一起玩……」阿吉悶悶地滴咕著。

一天兩次的擠奶時間，是阿吉最無聊的時候。此時大夥紛紛離開了草區，前往旋轉的房間，需要好半會兒才會回來。阿吉不喜歡寂寞，孤單的白天與夜晚都使她害怕。她喜歡和牛待在一起，包含她的家人、牧場上的朋友們、可愛的小艾姆，甚至其他所有好玩有趣的生物們。此刻她在自己的草區裡百無聊賴地跳來走去，用蹄子翻翻土壤裡的小蟲，或是跟長生草說些鼓勵的話。

「再加把勁兒！我的傷就靠你們了！」

阿吉很久沒有跟長生草說話了。畢竟在布爾曼朵莉牧場，大夥的草區一直在移動，還沒有機會好好認識腳下的長生草就已經換了個別的地方，氣味都來不及交換。長生草由各式各樣的花草所組成，在耐心的溝通下，會依據大牛們的需求慢慢調整為不一樣的組合與養分。要不是因為奈奈的提醒，她根本忘記以前在貝克牧場大夥都是這樣治傷療病的。

阿吉側著身子，坐臥下來查看自己的乳房——四個乳頭已經少了兩個，斷裂的部份仍嗅出些腐臭的腥味，但至少血已經不再直流。那些茂盛的飛飛草吃起來雖苦，但至少不再讓她吃草時也吃進自己的血。

「我得快點好起來。」阿吉想。

阿吉不曉得自己的乳房是從什麼時候起傷得這麼嚴重的。自從那隻不像個小牛的怪異死物從下體被扯了出來之後，她便有點害怕身為雌性的自己。她的身體似乎在抗拒成為一個媽媽。她的乳房產不出像其他奶牛那樣充沛的奶水，只要蜘蛛怪吸附在上頭，阿吉都覺得疼痛得緊。每次擠完奶她都感覺全身軟熱得沒有力氣，乳房又硬又腫還很癢，讓她忍不住一直提起後蹄去搔抓。一次比一次還要癢、還要疼。

阿吉記得那天她站在旋轉的房間裡，突然乳房又是一陣疼痛難耐。她矮下屁股、抬起後蹄想要搔癢，卻不知怎地滑下了旋轉平台。不知道是不是越來越長的蹄子把那一下抓狠了，才讓乳房受了這樣嚴重的傷。本來她不以為意，爬起身來後無聊地在周圍兜兜轉轉，沒想到一陣子之後覺得後腿特別疼，也就沒去注意乳房的事。在那之後好一段時間裡，她的後腿都抬不大起來，連躺下也覺得特別難受，更承受不了彎身去察看乳房的重心轉移，就這樣一直到最近腿傷都好了，才知道自己不知不覺竟嚴重得有兩個乳頭都沒有了。

「阿吉身上有血腥味。」

阿吉滑下平台回到牧場上的那天，隔著一個草區與瑪那、奈奈報平安。可敏感心細的奈奈發現了她的異狀，還來了這麼一句，瑪那便說什麼也不肯相信她只有腿傷了，直嚷著要阿吉從實招來。問題是阿吉當時也不知道自己是發生了什麼事，只能含含糊糊地解釋自己是怎麼掉下來的，之後便繞開了話題。阿吉說起自己遇見了一個人類的孩子，讓她想起爺爺曾經給她說過貝克先生的三兒子，小貝恩在牧場上追著爺爺玩的故事。

「你們還記得嗎？爺爺說小貝恩總會偷偷躺在香乾草堆底下，以為牛沒發現呢。要是有牛靠近想要吃草，他就跳起來追著牛跑！」

阿吉自顧自地嘿嘿笑了起來，「我遇見的那個人類孩子可好玩了嘿！也是不知道從哪弄來的香乾草，握在手上想給我吃又不敢靠得太近。我一捲舌頭他就高興得跳舞，看我們大牛吃飯可有那麼好玩嗎？麥區、札里怎麼就不跟我們這樣玩呢。」

瑪那和奈奈還是沒說話，但那漸漸和緩下來的氣氛，讓阿吉選擇繼續說了下去：「說起來，那個小人類遞過來的香乾草味道還挺特別，有點苦，還沾著些許奶水和許多牛的氣味，而且很像是小牛們嘿。」

「小牛？」瑪那和奈奈異口同聲。

「喔，對啊。如果有更多香乾草或許就能確認是不是了。可惜那個小人類一下子就被叫走了。」

「在哪？你是在哪遇到他的？還記得他是往哪邊去嗎？」瑪那問。

與瑪那和奈奈隔著好一段距離，阿吉當時很難說清具體的位置，人類的房子看起來都差不多，這實在不是他們牛擅長的事情。她試著向瑪那解釋那些形狀、方向、氣味，還有夾雜在香乾草中的小牛味道，說著說著，突然感覺到空氣中一股難過的情緒極快地膨脹起來，宛如巨大的雷聲破碎在風中、竄入鼻腔深處。他們聽見奈奈一下子仰頭朝天空用力地哞叫著、嘶吼著，接著痛痛快快地哭了出來。

「小牛，我的孩子……死了。」奈奈一聲又一聲地哭喊著：「孩子為什麼不能和媽媽待在一起……我想和孩子待在一起啊！」。

那天夜裡，阿吉聞到瑪那輕輕呼喚她。她抬起頭，看見瑪那一邊低頭舔著奈奈的背一邊注意著自己。他們安靜了會，看奈奈睡得在夢境中咕噥踢蹄子，好像回到童年時光。

接著瑪那遠遠地問了一個，她過去從來沒有想過的問題：

「你覺得斐勒麥梅多瑪會是個什麼樣的地方？」

阿吉看著自己斷裂的兩個乳頭，回想那天與瑪那、奈奈的對話。他們雖然距離有些遠，但沒有其他多餘的氣味干擾，所以他們可以說得很慢，仔仔細細地用氣味、聲音和肢體來感知彼此的意思。那個夜裡瑪那所問的問題，明明是第一次聽見，阿吉卻覺得好清晰，就像奧洛絲在夢中聽見的聲音似的。這幾天來，阿吉已經不只一次聽見大夥討論這個問題了，她知道這一定是瑪那開始的，因為瑪那和她約定好了。

想到這裡，阿吉不禁傻笑起來。

瑪那出發了。

這天瑪那早晨擠奶回來，便告訴阿吉自己下午要去試一試。她準備要像阿吉一樣從擠奶的平台上滑下來。阿吉怎麼能不擔心呢，畢竟她自己就是在那之後傷了腿，還使傷口更加惡化的。但是阿吉相信瑪那。只要是瑪那想做的，她都會給予最大的支持。只是心裡仍有隱隱的不安，像水裡浮游的小蟲，在水池的邊邊角角蠕動著。

「希望瑪那一切平安……」阿吉思念著瑪那。

阿吉翹首等待家人歸來。她再次反芻起又苦又甘的飛飛草，但眼珠子卻沒半刻離開過隔壁草區的入口。突然一團黑影遠遠出現在牧場的邊緣，阿吉敏銳地察覺，並開始激動地拍著耳朵。一股既緊張又期待的情緒浮上心頭，她等不及要聽瑪那的好消息。無奈離傍晚擠奶回來還有好一段時間，阿吉等到的不是她以為的，而是布爾曼與一個她從未見過的男人。

他們帶她離開牧場，用繩子將她拽進一間冰冷而充滿尖銳金屬氣味與血腥味的房間中。男人綁住她剛復原的腳，將她吊起。阿吉嗅聞著身邊越來越濃的、屬於自己的氣味，意識模糊地想著梅多瑪的模樣——有溫柔撫觸著腹部的長生草，又大又低的美麗彩虹，許多可愛的蟲兒和兔兒奔跑跳躍，還有她與瑪那的約定……

「你覺得斐勒麥梅多瑪會是個什麼樣的地方？」

「可以和大夥一直一直待在一起的地方。」

「那我們大家一起去。」

當時住進她心裡的那聲回應，隨著心臟一下一下地跳動著，將承諾與夢想記住，也將軀殼裡的血液擠出。

大家。不論是天幕的這一邊，或天幕的另一邊。瑪那、奈奈、阿吉、布爾曼朵莉的大夥、貝克牧場的家人、瑪那沒有提起的小艾姆、奈奈的孩子還有阿吉的孩子……好多好多。還在這裡的，與已經不在這裡的。

大家一起去。

梅多瑪會是個什麼樣的地方呢？
阿吉好想知道。

3

「無法產奶的奶牛，都會被人類帶去別的地方，沒有一個回來過。」莉姬的牧場觀察記事第五條。

瑪那決定要行動了。自從知道阿吉身上的血腥味是來自那雙空洞洞、血糊糊的乳頭，瑪那便開始焦急起來。但在執行「阿夸夸計畫」以前，她還有件事情想要確認。

如莉姬所說，滑落旋轉平台的總是那些個頭嬌小的母牛。瑪那的身材不算特別高大，但也並不嬌小，為了能順利從平台上滑落，她試著少吃一點，也順便給冰兒留下種籽粉。瑪那也向滑落過兩次的栗姆姊學習合適的動作，不時在擠奶的過程中練習。就像現在，瑪那很快將自己的臀部往後坐，接著前蹄使勁用力一推——

「嗚！哎呦……」

蜘蛛怪都還沒咻咻發響，瑪那便先落了地。有了心理準備，她的腿沒有傷疼，倒是背脊被上方的金屬桿狠狠撞了一下，好在不至於影響她的行動。她哆嗦著站了起來，見麥區和札里跑過來瞧了她一眼，又唉聲嘆氣著回頭繼續忙碌於手上的蜘蛛怪。

瑪那可沒有太多時間待在這裡觀察，順著阿吉當時的路徑，瑪那往室外走去，小心地循著種籽粉的氣味往左側走，想尋找另外一個房子——這或許便是最困難的部份了——不是圓的、方的、尖的、樹狀的、花狀的，而是許多方形的半圓。瑪那四處張望，覺得沒有看見冰兒所說的房子。

「在哪呢？」

瑪那到處兜轉卻沒有看見。她撐開鼻翼，用力辨識著一陣風帶來的氣息流動。

氣味紛呈，充塞在瑪那的腦海中——草場上溫潤的土壤、清爽的石子、甘美的長生草、灑落的種籽粉，這些熟悉的氣味首先佔據了瑪那的鼻腔。瑪那仔細在其中辨識，察覺近處有些乾燥老舊的金屬味，更遠些則是更大片的長生草。有隻褐兔從隔柵旁的土壤中竄出，一路經過那些帶著苦味的水池、牛群的排泄物、一排無精打采的松樹、一個混雜各種氣味的小丘，快速地往遠處奔去。在不遠不近的地方，還有毒電線的氣味、燒焦的空氣、油亮卻刺鼻的液體、反覆磨擦而變得黏稠的黑脂塊、四輪車混濁苦熱的油餿味、冰冷而寂靜的金屬味，和各種刺鼻的腥臭味……

一點奶香和牛？

瑪那察覺到線索，正準備前往氣味的來源，突然感覺到遠處的地面在震動，是這附近不常見的車子。這天早晨牛奶車才來過，布爾曼應該不會再到牧場上來。瑪那告訴自己別多心，但仍然忍不住緊繃起來。

「我得快點。」

瑪那循著細微的氣味，快速穿過幾個房子，味道突然因站位與風向契合，而變得明顯起來。當風將小牛甘暖騰騰的氣味送入鼻腔時，瑪那便已經知道了答案。她激動地鼻翼翻飛、牙齒發顫，一隻一隻數著小牛的數量，一步一步往半圓屋頂的小房子靠近。她站在房子的矮木門邊仔細地梭尋察看，見到每個小房子裡都有四五隻小牛，正從酣睡中被她情緒強烈的氣味喚醒，紛紛拉橫了小耳朵朝向她這邊。那搖頭晃腦的模樣真是可愛極了，瑪那情不自禁地隔著木門舔舐其中一隻小牛的額頭。

「沒有艾姆，但不要緊的。」

瑪那笑了笑，心裡想著那些飛往梅多瑪的大鳥，再次堅定了自己的相信。

「隆隆吭隆隆……」

察覺到那輛未曾聽聞的車子，竟是往自己的方向駛來，瑪那趕緊收回沾滿小牛氣味的舌頭。她意識到雖然與那輛車還有一段距離，但她現在無法帶走任何一隻小牛，而此刻她還有其他可以做的事情。瑪那於是很快舒了口氣，冷靜一下自己既緊繃又激動的情緒，她走到這些小牛房子的中間，清了清喉嚨後開口。

「親愛的孩子們，仔細聽好了。」

瑪那環視所有的小牛，確認她擁有在場的每一道目光與注意力。剎那間，瑪那感覺時間彷彿回到第一隻小牛被帶走的那天，所有的艾芙都像現在這樣圍繞著一隻母牛，團結在一起。只是底下簇擁的不再是艾芙媽媽們，而是他們的小牛，而那個站出來的不再是她的好友，而是她。

「現在我將告訴你們一個真實的故事，一個關於我們牛的故事。」

瑪那不再逃避，不再默不作聲，也不再只是簇擁歡呼的聽眾。她站了出來，就像她的好友一樣，成為了一個帶領者。她堅定地說出了那個不只關乎一個個阿夸，而是屬於阿夸夸，屬於大家的梅多瑪故事，她要這群小牛記住他們的故鄉，記住他們的名字，記住他們有可以去的地方。

一輛高聳的車子開進牧場，上面坐著一個陌生的男人，眼看就要經過。

「等一下，我這又有一隻奶牛掉下來了。」

車在小牛房子旁邊停下，車門打開。那不該出現在牧場上的布爾曼從車子上跳下，往瑪那的方向過來。瑪那臉上毫無懼色，即使她沒能如期在被發現以前回到牧場上，但她並不慌張。她堅定地站在小牛房子前，她要讓這群小牛看看大牛的樣子。

布爾曼的腳步很快，捲起了一陣氣流，挾帶著車子、布爾曼與那個陌生男人的氣味，混入了瑪那的鼻息之中。當布爾曼大步走到瑪那的身旁，彎下身子去查看瑪那的乳房時，瑪那嗅出一股熟悉的氣味。瑪那一陣恍惚，不確定是發生了什麼事情。布爾曼的手裡捻著的那一片惹眼的小東西，她不知怎地想要看清——是阿吉右耳上記錄著編號的圖樣！

「呼。」布爾曼吹了聲口哨，大聲朝車子的方向喊道：「沒事。一隻牛就夠整個牧場吃一年了，我可不想再麻煩你。」

瑪那的呼吸停滯。

布爾曼、陌生男人和那輛奇怪的車子上，都沾有阿吉濃厚的血味。

「無法產奶的奶牛，都會被人類帶去別的地方，沒有一個回來過。」

出發前阿吉嘿嘿笑著目送她離去的模樣，在瑪那的腦海中浮現，那對大耳朵不住地搧動著，顯露出阿吉沒說出口的不安。

「如果不能產奶算是生病的話。」

阿吉大笑著在泥巴裡快樂地蹦跳著，濺起片片雨後的泥花；阿吉在滑膩的白菇堆打滾，惹得一身騷味和毛球；阿吉敏捷地在灌木叢間移動，那意外可靠的背影；阿吉哭喊著餓的大嗓門與嚼著草根的饞樣，和她沾滿口水的軟濡舌頭；他們一起歪著嘴學褐兔跳躍、一起眉來眼去地爭食草根、一起探險然後窩在彼此的脖頸間入睡……

阿吉對她說：「可以和大夥一直一直待在一起的地方。」

她對阿吉說：「那我們大家一起去。」

瑪那聽見阿吉嘿嘿嘿的笑聲，「好啊！」

聽見阿吉在難產的那個黎明說，「我……愛你……瑪那……」

瑪那突然覺得一刻也等不了。所有縝密的計畫全都被她拋諸腦後。血液在身體裡不斷升溫、不斷升溫，變得比太陽還要炙熱。瑪那用力哞叫著衝了出去，她撞倒了布爾曼、撞毀了關著小牛們的矮門，那個跑下車來阻擋她的陌生男人，也被她一腳踢開。

瑪那大聲喊道：「記住一件事情！」

她將頭揚起，目光炯炯有神，充滿了所向披靡的自信與威嚴。她的聲音宏亮，讓所有小牛、所有的人類，讓整個世界都聽見她：

「我們是大牛！我們有名有角！我們是自由的！」

說完，便往夕陽的方向奔去。

逆光下，一隻牛從牧場中央的工作區，跑進了車子才剛通過而還沒關上的環狀通道中。她毫不遲疑地往滿是彈性繩索、用來控管草場的電路結界跑去，她高高躍起，飛越了一段較矮的繩索進入草區之中。高速之下，她曳走了草區外的一串電線，電線輪軸被扯向空中，無力地摔在草地上。沒有回頭與停留，她逕直向牧場的底端跑去。

「瘋了！那牛瘋了！」

布爾曼先生見此情景大聲怒罵起來，剛結束擠奶工作的麥區和札里也聽見了此處的騷動，騎了四輪車趕來。就見布爾曼先生與隔壁牧場的屠夫，一個扶著腰一個歪著腿，小牛們在牧場中央四處嗅聞溜達。他們還沒弄清是怎麼回事，就聽布爾曼先生對著電話狠咬著牙大吼道：「現在！立刻！把我的獵槍拿來！」

瑪那在從未到過的地方奔跑著，但她知道她要去哪裡。

「太陽的那邊。」

她奔跑得極快，風風火火像一隻飛鳥越過大片大片的長生草。她的腳踝被露水沾濕，牛蹄在大地上留下深刻的痕跡，她濺起大把泥花在她的身後飛舞，像晴空裡被風吹開的萬里雲絮。圍欄、隔欄、金屬桿、毒電線、人類和這個世界，都不能再攔著她，瑪那心底裡生出一種前所未有的快意——自由。

「哞呦～」

瑪那朝前方落在地上的太陽激動地歡叫著，看原本渾圓刺眼的光漸漸散開而變得安靜柔美，就像穿越過一層又一層複雜而多變的雲霧，要隱身到天幕的另一邊做個美夢。在夕陽魔幻的光輝之中，被驚動而竄出的褐兔在她身後交換棲身的洞穴，居住在土壤裡的小蟲籌備日行夜行的輪替，扎根且長生的草花吐納著代代更迭的養份。瑪那追著一陣鹹澀的風，越過一排排等待更換新葉的松樹，然後在一個小丘前，停下了腳步。

「這是什麼？」

瑪那聞到的是一股混雜了各種氣味的難以置信。

還未回神，後方又急又尖的四輪車聲傳來，一個男人怒斥道：「再騎快點！她快到海邊了！」

垃圾、小牛與大牛的屍體交互堆疊，成了一座氣味龐雜的小丘，橫在了瑪那與前往自由、前往梅多瑪的路上。

一張又一張的臉在瑪那的腦海中浮現。

碧西斯、小艾姆、還來不及成為家人的牛與小牛，曾經在這個牧場上相遇的大夥。媽媽、爺爺、叔叔們、阿姨們，和貝克牧場上一隻隻死去的羊。還有，阿吉。

她與阿吉的約定。

她與碧西斯的約定。

她與小艾姆的約定。

她與梅多瑪的約定。

瑪那邁開了又鹹又澀的步子。

「大家一起去。」

奈奈、莉姬姊、歐娜姊、栗姆姊、桑諾，和在這裡相遇的所有牛姊姊、牛妹妹與小牛們。冰兒、烏鴉先生、啄羊虹鳥，和所有其他的飛鳥們、褐兔們、蟲子們、長生草、土壤、石頭與小溪。還有貝克先生與他的家人，麥區、札里、朵莉、布爾曼。

瑪那想著至今遇過的所有生命，一步一步登上那座小丘。在天空，在大地，在太陽與月娘的照顧下，那親愛的阿夸夸，那所有的生命萬物。

大家。

都該屬於梅多瑪，都該屬於一個家。

一片湛藍出現在瑪那的眼前，像一個會浮動的天空在大地上不斷搖擺。瑪那向前走去，被從未聽聞的美麗歌聲所環繞。歌聲傳遍了整個大地，細緻而溫柔，像一位母親在呼吸、在嘆息、在反覆吟唱、在為萬物而祝禱。歌聲不間斷地盪漾在她的身體裡，她感受到內心深處的完滿與安寧。

「沙啦～沙啦啦～嘩啦啦咚～」

瑪那抬起頭，見太陽與月娘都在天空之中與她相望。月娘晶瑩透明的笑容像在訴說一個亙古的祕密，流淌了千年的淚水最終流成了另一片天空贈與大地。而太陽在兩片天空的中心溫柔地照亮世界，伸出一條光的臂膀，隨著風起起伏伏，一路推進至她的腳邊，閃耀著、流動著，像是一條通往天空的路。

「沙啦～沙啦啦～嘩啦啦咚兮～」

只有月娘美麗的歌聲，其餘再也聽不見。

瑪那看著天空，兩隻黑灼的眼，映照出連成了一整片的世界。想著大家，想著梅多瑪，瑪那不知不覺踏上了前往故鄉的路。

牛在飛

溪水像交織的光與雨，

每一束一絲都閃熠著彩虹的光輝。

1

一隻羽翼黑白的飛鳥，出現在莉姬的視野裡，從夕陽消失的方向飛了過來。飛鳥的身型瘦長、翅膀又長又寬，卻罕見地一長一短。飛鳥不以為意，不緊不慢地飛得極穩，讓莉姬想起了某個家人。

瑪那斷了角的兩天後，就像這天的傍晚一樣，是個雨後天空變得十分清朗的日子。那天瑪那給她講了一個梅多瑪的故事。

❡

很久很久以前，生命萬物都會飛翔，自由自在可以去任何想去的地方。

那個時候，世界沒有天與地的分別，所有的生命都住在同一個故鄉——美麗的斐勒麥梅多瑪。梅多瑪的土壤比夏日蒸肥的長生草要甘甜，山丘如焰焰黃昏的光輝湧動綿延，溪水像交織的光和雨，每一束一絲都閃熠著彩虹的光輝。當然啊，還有太陽與月娘照顧著梅多瑪的生命萬物。在這裡，所有的生命都彼此相愛，於是有了許多梅多瑪的孩子。月娘經常聆聽大夥兒分享哺育孩子成長的幸福，並對著圓潤潤的肚子唱歌：

「沙啦~沙啦啦，親愛的阿夸夸，嘩啦啦咚兮。」

她唱著，歌聲是如此美麗，萬物都屏息聆聽。如同無數的星星灑在長生草上，被風吹得像流水一般閃爍發亮。

幾千年過去了，世界不知為何被一條布幕給隔開，成了天與地。而當萬物有了天地區別，許多弱小的生命也被分成一邊和另一邊，於是再也生不出梅多瑪的孩子。月娘啊，她非常傷心，她日日以淚洗面而變得日漸消瘦，又因思念阿夸夸而努力振作，就像每一個媽媽那樣。她與太陽日夜奔走於世界的兩邊，不斷地尋找著梅多瑪的孩子，再也沒有時間唱歌了。

當世界分成天與地，天空遼闊無際、大地肥沃芬芳，但生活於其中的生命們卻因為彼此的不同而紛爭不斷。大牛奧洛絲於是收起翅膀留在大地上照顧弱小的生命，並持續嘗試生出梅多瑪的孩子。她記得幫每個孩子都取一個自己的名字，但孩子們的角卻始終不長。直到有一天，懷著身孕的奧洛絲做了一個夢。夢裡，一個聲音告訴她：

「奧洛絲啊，你是不是忘記了故鄉？我們有共同的名字，共同的角啊。」

夢醒後的奧洛絲，終於想起萬物真正的名字。她開始全心全意地思念梅多瑪，思念那個屬於大家、屬於阿夸夸的故鄉。

「噢，美麗的梅多瑪，我們永遠的故鄉，請讓阿夸夸再也不分離吧。」

於是，斐勒麥梅多瑪回應了奧洛絲的祈求，讓每個生命找回了共同的名字和角。在月娘美麗的歌聲中，奧洛絲與她的孩子乘著又長又美麗的雙翼，飛向一個沒有天幕的地方。

¶

「我想去故鄉斐勒麥梅多瑪，一個沒有天幕、沒有天地分別的地方。」

「你要去斐勒麥梅多瑪？可是你的角……已經沒有了。」

「不會的，怎麼會沒有呢。」瑪那笑得很自信。

「我已經和梅多瑪約定好了呀。」

那一瞬間，在梅多瑪的門打開的逆光之下，莉姬看到了瑪那明明應該失去的角，向天空展開，就像在飛翔一樣。

「莉姬。」

一聲呼喚將莉姬從回憶中拉出。

「親愛的，你還好嗎？」歐娜緩步走到莉姬身旁，樣子看上去有些疲憊。

「這些你我不都經歷過的嗎，」想起那伴隨硝煙味的轟鳴聲，莉姬刻意淡化了情緒說：「早就習慣了。」

「是啊，」歐娜嘆了口氣，「經常變動的草場可以習慣，擠奶也可以習慣，甚至每年懷孕生孩子我都快要習慣了。」

歐娜撇過頭，抬向逐漸失去顏色的天空。莉姬跟著望去。此時那隻大鳥仍在天空盤旋，越升越高、越來越遠。

「可是，生下孩子之後所發生的事情……我怎麼樣都習慣不了啊。」

莉姬安靜聽著，和歐娜一起看那悠揚飛升的影子再次滑向光亮。一直到影子和光，都再也看不見了。

「我們來試試那個『阿夸夸計畫』吧。」

2

「你知道布爾曼朵莉牧場嗎？」
「是那個牛總是會不翼而飛的布爾曼朵莉牧場？」
「對，就是那個。」
布爾曼朵莉牧場位於寒冷的海邊，兩百多公頃的土地上是平坦而美麗的草原。鳥兒們在不同的牧場上來來去去，傳唱著一個屬於牛在飛的故事。

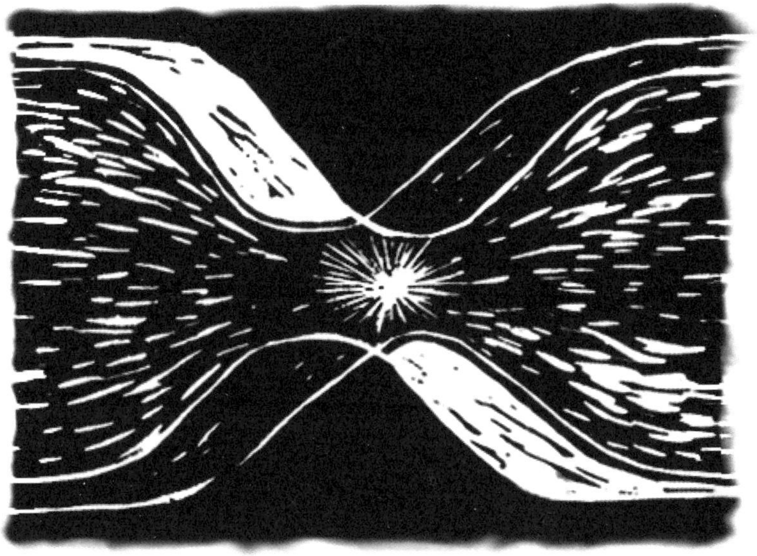

美麗的斐勒麥梅多瑪啊。

【後記】瑪那與梅多瑪

時光荏苒，這本書從誕生到出版歷經了三年多，陪伴我從一個單身的牧場女孩，成為一個媽媽。經歷了胎動的喜悅、生產的不可思議、餔餵寶寶的甜蜜與擠乳的不適，許多在書中寫下的句子開始成為生活的一部份，讓我得以重新看見「瑪那」。與此同時，台灣的「奶市」也從找不到燕麥奶以外的植物奶，到如今有許多堅果奶、腰果奶、杏仁奶等選擇，甚至還有「友善動物標章」的鮮奶，可以在一般超市購得。彷彿「瑪那」正等待一個時機被人們看見。這些看見除了讓我對「瑪那」的遭遇更加感同身受，也注意到市場已經發生的改變，正在暗示這個屬於牛的故事，結局可能變得不同。

說起來有點不可思議。最初與「瑪那」相遇，只是因為一個不知為何浮現在心頭的聲音。從我開始在奶牛場工作、開始在腦海中構思小說時，就已經將主角的名字決定下來，提筆後也很自然地想要以「瑪那」作為書名。那時候的我，還完全不認識這個名字的意義，也說不上來為什麼是「瑪那」而不是另一個名字。

隨著未完稿的試閱者增加，被詢問「瑪那意義為何」的次數也增加了。我從1Y1B寫作會的夥伴德宏那裡，第一次聽說MANA在電玩遊戲中常指為「魔力」。後來又從一位閱讀廣泛的好友那裡得知，這個字詞亦有「精神與自然之力，生命力，治癒力」等意涵。當故事進入最後三章，我才終於自己查找了關於MANA一詞在紐西蘭文化當中的意義，並很驚訝地發現，MANA在當地原住民族毛利文化中，意謂著「存在，尊嚴，榮耀，領導」，並相信藉由對萬物的尊重，能夠提升MANA的能量。

「阿夸」的概念則來自毛利人自稱Māori，意味著「真正的人」。不過在故事開始時，貝克牧場沒有誰知道月娘唱的「阿夸夸」是什麼意思，「阿夸」像是一種約定俗成的慣用語。如果小瑪那開口問媽媽，媽媽可能會認為這是指

「親愛的」；如果問爺爺，爺爺可能會認為這是指「真正的牛」。在布爾曼朵莉牧場，歐娜將它解釋為「大牛本來的名字」，而瑪那則將這個名字分享了出去，讓「阿夸」成為複數「阿夸夸」，成為了「萬物共有的名字」。

而斐勒麥梅多瑪取自firmament，蒼穹的拉丁文，是聖經宇宙學中，將原始海分開的一層膜。故事中的角色對梅多瑪是個什麼樣的地方有不一樣的投射：或許是美麗的，是自由之地，是沒有苦痛的，是能與珍惜的事物在一起。不論如何，我覺得都能歸結為「不受阻礙地去愛與被愛」；小為家，大為故鄉。然而「大家」的概念卻是瑪那給我的。原本一個關於追尋自由與尊嚴（角與名字）的故事，在瑪那的相信與帶領下變得更豐富了。

這個以南島語系國家紐西蘭為背景的故事，在一個南島語系起源的小島寫成。我在創作期的最後，看了國家地理的系列紀錄片《南島起源》，才驚覺故事中的梅多瑪在南島語系的信仰中也真實存在，常被寫作Hawaiki，既是初始的家園，同時也是死亡之後會去的地方，因為兩者都是靈魂的居所。而對南島語系的民族來說，他們總是會回到海洋裡。這樣的巧合讓我很高興，彷彿這個故事並不是因為人類的經歷與創造所以存在，而有它本來的主人——阿夸夸，一個屬於萬物的故事。

⁂

現在看來，故事竟隨著我對「瑪那」的逐步了解——包含她的名字、她的性格與處世態度、對梅多瑪看法的轉變等等——慢慢推展到一個我原本從未想過的方向。我有時會對瑪那說出的話感到驚訝而不得不停下來，好像自己並不是一個創作者而是一個翻譯者，試圖去釐清她言語背後的想法並推敲緣由。這樣的經驗在整個創作的歷程中，給予我莫大的鼓舞，也給予我許多面對未知的徬徨。不少本來還算單純的敘事線，在瑪那的天外一筆下變得複雜許多。例如瑪那在生產前沒來由的想要接受梅多瑪的祝福，我才發現她一直以來都不願承擔「角」的原因。或者瑪那突然將布爾曼朵莉的大夥當作家人、將患難與共的奶牛們視為真正的「姊妹」而非客氣的「姐」，甚至決心想要大家一起離開。我在為她的決策感到困擾的同時，也為此感動不已。

我很喜歡瑪那哼唱的那首兒歌，我想那應該是瑪那的自創曲，唱多了，阿吉和奈奈便也學會了。如果小艾姆能夠陪在媽媽身邊，我想她還會將這首歌加以改編，就像她的媽媽所擅長的那樣。這些童年的橋段寫起來總是特別愉快。如果可以，我希望所有的牛兒們可以永遠都這樣生活，至少在他們還活著的時候。所以寫到難過的段落時，常常會一邊寫一邊感到心痛。像是阿吉的難產，碧西斯、莉姬與奈奈內心的掙扎，抑或是瑪那被鋸角的時候。我記得當瑪那的角落下來，家裡的貓正好在我稍作休息時跑來撒嬌，我抱起她突然痛哭起來，一邊哭一邊喊著：「人類好可怕，人類好可怕。」好在瑪那沒有因此放棄。很謝謝她給予我這個故事的結局，這些都是瑪那、都是寫作帶給我的禮物。

小一

瑪那
牧場之上，牛在飛

作　　者　小一
封面設計　陳憶寧
內頁排版　高巧怡
行銷企劃　蕭浩仰、江紫涓
行銷統籌　駱漢琦
業務發行　邱紹溢
營運顧問　郭其彬
果力總編　蔣慧仙
漫遊者總編　李亞南
特別感謝　毛雅芬、John Backer and the animal families on the pasture.

出　　版　果力文化／漫遊者文化事業股份有限公司
地　　址　台北市103大同區重慶北路二段88號2樓之6
電　　話　(02) 2715-2022
傳　　真　(02) 2715-2021
服務信箱　service@azothbooks.com
網路書店　www.azothbooks.com
臉　　書　www.facebook.com/azothbooks.read

發　　行　大雁出版基地
地　　址　新北市231新店區北新路三段207-3號5樓
電　　話　(02) 8913-1005
訂單傳真　(02) 8913-1056
初版一刷　2024年6月
定　　價　台幣450元

ISBN　978-626-98283-4-0

國家圖書館出版品預行編目 (CIP) 資料

瑪那 牧場之上，牛在飛/ 小一作. -- 初版. -- 臺北市 : 果力文化出版 ; 新北市 : 大雁出版基地發行, 2024.06
面；　公分
ISBN 978-626-98283-4-0(平裝)
863.57　　113007355